共和国故事

进军科学

——吹响向现代科学技术进军号角

王金锋　编写

吉林出版集团股份有限公司

图书在版编目（CIP）数据

进军科学：吹响向现代科学技术进军号角/王金锋编. —

长春：吉林出版集团股份有限公司，2009.12

（共和国故事）

ISBN 978-7-5463-1744-1

Ⅰ．①进… Ⅱ．①王… Ⅲ．①纪实文学 – 中国 – 当代 Ⅳ．①I25

中国版本图书馆 CIP 数据核字（2009）第 237715 号

进军科学——吹响向现代科学技术进军号角

JINJUN KEXUE　　CHUIXIANG XIANG XIANDAI KEXUE JISHU JINJUN HAOJIAO

编写　王金锋

责任编辑　祖航　蔡大东

出版发行　吉林出版集团股份有限公司

印刷　三河市嵩川印刷有限公司

版次　2010 年 1 月第 1 版　　　　2022 年 1 月第 10 次印刷

开本　710mm×1000mm　1/16　　　印张　8　字数　69 千

书号　ISBN 978-7-5463-1744-1　　　定价　29.80 元

社址　吉林省长春市福祉大路 5788 号

电话　0431 – 81629968

电子邮箱　tuzi8818@126.com

前　言

　　自 1949 年 10 月 1 日中华人民共和国成立至今,新中国已走过了 60 年的风雨历程。历史是一面镜子,我们可以从多视角、多侧面对其进行解读。然而有一点是可以肯定的,那就是,半个多世纪以来,在中国共产党的领导下,中国的政治、经济、军事、外交、文化、教育、科技、社会、民生等领域,都发生了深刻的变化,中国人民站起来了,中华民族已屹立于世界民族之林。

　　60 年是短暂的,但这 60 年带给中国的却是极不平凡的。60 年的神州大地经历了沧桑巨变。从开国大典到 60 年国庆盛典,从经济战线上的三大战役到经济总量居世界第三位,从对农业、手工业、资本主义工商业的三大改造到社会主义市场经济体制的基本确立,从宜将剩勇追穷寇到建立了强大的国防军,从废除一切不平等条约到独立自主的和平外交政策,从"双百"方针到体制改革后的文化事业欣欣向荣,从扫除文盲到实施科教兴国战略建设新型国家,从翻身解放到实现小康社会,凡此种种,中国人民在每个领域无不留下发展的足迹,写就不朽的诗篇。

　　60 年的时间在历史的长河中可谓沧海一粟。其间究竟发生了些什么,怎样发生的,过程怎样,结果如何,却非人人都清楚知道的。对此,亲身经历者或可鲜活如昨,但对后来者来说却可能只是一个概念，对某段历史的记忆影像或不存在，或是模糊的。基于此，为了让年轻人，特别是青少年永远铭记共和国这段不朽的历史，我们推出了这套《共和国故事》。

《共和国故事》虽为故事，但却与戏说无关，我们不过是想借助通俗、富于感染力的文字记录这段历史。在丛书的谋篇布局上，我们尽量选取各个时代具有代表性或深具普遍意义的若干事件加以叙述，使其能反映共和国发展的全景和脉络。为了使题目的设置不至于因大而空，我们着眼于每一重大历史事件的缘起、过程、结局、时间、地点、人物等，抓住点滴和些许小事，力求通透。

历史是复杂的，事态的发展因素也是多方面的。由于叙述者的视角、文化构成不同，对事件的认知或有不足，但这不会影响我们对整个历史事件的判断和思考，至于它能否清晰地表达出我们编辑这套书的本意，那只能交给读者去评判了。

这套丛书可谓是一部书写红色记忆的读物，它对于了解共和国的历史、中国共产党的英明领导和中国人民的伟大实践都是不可或缺的。同时，这套丛书又是一套普及性读物，既针对重点阅读人群，也适宜在全民中推广。相信它必将在我国开展的全民阅读活动中发挥大的作用，成为装备中小学图书馆、农家书屋、社区书屋、机关及企事业单位职工图书室、连队图书室等的重点选择对象。

编　者

2010 年 1 月

一、 政策出台

● 周恩来代表中共中央向会议做了《关于知识分子问题的报告》。

● 周恩来在"报告"中详细地论述了党对知识分子工作的方针政策，希望知识分子通过社会生活的观察和实践、业务的实践和马列主义理论学习，逐步地成长为全心全意为社会主义服务的知识分子。

中央召开知识分子会议

1956 年 1 月 14 日，在北京中南海的怀仁堂，爆发出雷鸣般的掌声。此时，中共中央"知识分子问题会议"正在召开。

这次会议由刘少奇主持，参加会议的有 1279 人。毛泽东、周恩来在会上做了重要发言。

毛泽东号召全党努力学习科学知识，同党外知识分子团结一致，为迅速赶上世界科学先进水平而奋斗。

后来，"技术革命"一度成为 50 年代末、60 年代初的流行口号。

"报告"指出：

科学是关系我们的国防、经济和文化各方面的有决定性的因素。

世界科学在最近二三十年中，有了特别巨大和迅速的进步，这些进步把我们抛在科学发展的后面很远。我们必须急起直追。认真而不是空谈地向现代化科学进军。我们必须赶上这个世界先进科学水平。

为了最迅速最有效地实现科学规划，使科学技术赶上世界先进水平，周恩来还提出要采取的措施。

同时，周恩来还明确批评了忽视科学理论研究的错误倾向，并总结了我国知识分子自我改造的经验。

"报告"最后提出了制订 1956 年到 1967 年科学发展的远景规划的任务，向全国人民发出了向现代科学进军的伟大号召。

这次会议，激发了中国科学家献身中国科学事业的热情，也宣告了中国科学事业新的开始。

新中国成立后，社会主义建设事业开始全面展开。此时，世界科学技术的发展再次呈现出迅猛的势头，新技术、新工艺层出不穷。

随着国民经济的恢复和各项建设的逐步开展，知识分子日益显示其不可估量的作用。许多知识分子怀着报效祖国的热忱，投入到了国家建设中。但党内也存在着忽视知识分子作用的倾向。

1954 年，第五次全国统战工作会议召开。会议提出，要把文教、科技方面的统战工作也列为统战部门的工作重点。

1955 年底，当新中国第一个五年计划即将进入关键性的第四年的时候，各种建设人才匮乏的问题显得更加突出和尖锐。

1955 年 11 月 23 日，毛泽东召开会议讨论知识分子改造的问题。周恩来汇报了有关知识分子的问题，并提出了自己的意见。毛泽东认为，应该先在党内很好地讨论，然后提出和解决这个问题。

这次会议决定，在 1956 年 1 月召开一次大型会议，全面决定知识分子问题。会议同时要求成立知识分子问题 10 人领导小组，专门为全国知识分子会议做准备工作。

10 人领导小组由周恩来负总责，彭真、陈毅、李维汉、张际春、安子文、徐冰、周扬、胡乔木、钱俊瑞等共同参与。领导小组下设办公室。

会议还指示各省、自治区、直辖市党委及有关部门，先期对知识分子问题进行调查研究，并将有关情况及时报告中共中央。

此后周恩来起草了《知识分子问题提纲》等文件，召开各种会议征求意见。民盟中央费孝通等人将通过调查了解到的知识分子问题，向中央统战部作了反映。

中央统战部参照有关材料，综合编写了《高级知识分子目前存在的困难和问题》并报送了中共中央。这份材料集中反映了当时高级知识分子存在的困难和问题。

当时我们党的干部大多刚从农村转入城市，忙于政权建设和国民经济及其他事业的恢复。对于科学技术的发展，或者无暇顾及、重视不够，或者对科技人才和科技力量的重要性缺乏认识。

有的工农干部对知识分子保持着一定距离，甚至在政治上歧视他们，看不到他们的进步和重要作用。有的单位对教授、科学家不够信任，不尊重他们的职权。

党内决定的事项，群众已经听了传达，可是担任领导职务的党外专家还不知道，使他们难于开展工作。

一位从事真菌名录研究工作的科学家，需要查阅全国植物病虫害分布情况等方面的资料，农业部门却不肯提供。

一位擅长水墨花鸟画教学的著名画家、教授，美术学院却不让他开课，而派他到图书馆写书签，到陶瓷科画瓷碗，后来干脆由工会派他给教职员工买戏票。

上海第一重工业局业务处有23名工程师，其中16人安排做行政工作。一位学术上有建树的甾体化学家，却分配他做应用化学方面的工作，使他有"硬逼木匠去种田"之感。

有些科学家、教授社会活动过多，如钱三强当时很少有时间从事科研工作，内心十分苦闷；协和医学院妇产科教授林巧稚校外兼职多达13项，严重影响她的医疗、教学和研究工作。

这些现象尽管不是普遍的，但在一些部门和单位中却实实在在地存在着。

中央统战部的这份综合调查材料，引起了中共中央的高度重视。经过10人领导小组一个多月的调查和筹备，全国知识分子大会得以顺利召开。

1956年1月14日，中共中央"知识分子问题会议"召开。

在大会上，毛泽东做了重要讲话。周恩来代表中共中央向会议做了《关于知识分子问题的报告》。会议认真讨论了周恩来作的"报告"，一致赞同这个报告。

听了周总理的报告，许多知识分子，包括剥削阶级家庭出身，又在旧社会做过工作的知识分子，都纷纷写文章或发表讲话。

这些知识分子讲述了自己的亲身经历。他们讲到，新中国成立后党和政府给予他们许多无微不至的关怀和帮助。他们决心在国家建设事业中发挥更大的作用。

北京师范大学校长、著名历史学家陈垣教授说，周总理的报告说出了许多知识分子的心里话，指出了他们今后应当遵循的方向。广大知识分子今后要更加严格地要求自己，加强自我改造，积极进行科学技术和理论研究，为社会主义建设贡献最大的力量。

青年数学家谷超豪表示，一定不辜负党所赋予的艰巨使命，在苏步青教授的指导下，发挥集体的力量，开辟新课题的研究，争取在较短时间内做出成绩。

著名哲学史专家冯友兰表示，他拥护党对知识分子的政策，愿意努力工作，为社会主义建设事业增添一份力量，并提出了给知识分子创造有利条件的建议。

会议期间，张稼夫、武衡代表中国科学院在会上发言。大会一直进行到20日才结束。

广大知识分子对这次会议的召开和周恩来的报告感到欢欣鼓舞，他们欢呼：知识分子的春天来到了。

在党的领导下，广大知识分子掀起了"向科学进军"

的热潮。

1956 年 1 月 21 日下午，在中南海怀仁堂，中国科学院院长郭沫若率领各学部负责人向参加知识分子问题会议的干部作了科学报告。毛泽东、刘少奇、周恩来、陈云、陈毅、李富春、邓小平等也出席报告会。

竺可桢在当天日记中写道：

> 今天大会极为庄严，料不到人民政府对科学如此重视。

会后，数学家华罗庚说，科学家在台上讲，主席在台下听，这实在是给科学家的莫大光荣。

1956 年 3 月 29 日，中共中央将讲稿转发至各省委、市委、自治区党委、中直党委、国家机关党委、军委总政。

通过讲稿，许多党的干部了解到世界和中国科学发展的简要状况，以及中国科学工作当前所面临的主要任务。

1956 年的春天来得特别早。因为这次全国知识分子大会的召开，许多人把 1956 年称为"知识分子的春天"。

一些关于正确对待和使用知识分子的具体措施推出并得以落实，一级教授、研究员、高级工程师的工资得到大幅度提高。

一年后，中国科学院颁发了 1956 年度科学奖金。华罗庚、钱学森、吴文俊的论文获得一等奖，每人得到一万元奖金，对于当时平均工资只有几十元的中国人来说，这是个不小的数目。

党对知识分子的政策成了当时人们谈论最多的话题。科学成为人们心中最神圣的字眼。

全国知识分子问题会议的胜利召开，为新中国全面建设注入了活力，在党中央领导下，无数科学家积极投身到社会主义建设的洪流之中。

周恩来确立科技发展方针

1963 年 1 月，在中国的东部城市上海，科学技术工作会议正在隆重召开。上海市许多著名科学家都参加了这次大会。

周恩来在这次会上做了重要讲话，他指出：

中国过去的科学基础很差。

我们要实现农业现代化、工业现代化、国防现代化和科学技术现代化，把我们祖国建设成为一个社会主义强国，关键在于实现科学技术的现代化。

在这里，周恩来再次明确了中国社会主义建设的关键是科学技术的思想。

自从新中国成立以后，周恩来对中国科学技术的发展进步一直十分关注。在组织领导中国社会主义建设中，周恩来对科学的认识也得到不断加深。

周恩来曾在不同时间和地点论述了有关中国科学的几大问题。

对世界科技发展的趋势和中国科技状况与世界先进水平的差距问题，对中国实现科技现代化的极端重要性与迫切性问题，以及对实现科技现代化的方针、途径、措施问题等，周恩来都曾有许多精辟论述。

早在 50 年代中期，周恩来就十分敏锐地看到了世界上科技突飞猛进的趋势，他指出：

现代科学技术正在一日千里地突飞猛进。

生产过程正在逐步地实现全盘机械化、全盘自动化和远距离操纵，从而使劳动生产率提高到空前未有的水平。

周恩来还认为，原子能、电子学等科学上的最新成就，"使人类面临着一个新的科学技术和工业革命的前夕"。

同时，周恩来十分清醒地看到了中国在科技方面与世界先进水平的差距，他指出："中国的科学和技术的状况仍然是很落后的。"

不但是世界科学的很多最新成就，中国没有能够掌握和利用，就是中国建设中的许多复杂的技术问题我国当时也还不能独立解决。

周恩来的结论是：

科学是关系我们的国防、经济和文化各方面的有决定性的因素。

周恩来强调："我们必须急起直追，力求尽可能迅速地扩大和提高中国的科学文化力量，而在不太长的时间里赶上世界先进水平。"

在 60 年代初，周恩来科学分析了中国实现科技现代化的有利条件。

这些有利条件就是，我们有辩证唯物主义思想做指导，有广大的人力和丰富的资源做基础，有优越的社会主义制度作保证，有了一支不小的技术力量和一批科学研究机构，有了工业化的初步基础。

由于中国是一个基础差、底子薄、人口多的大国，周恩来认为，发展科学技术不能全面铺开，齐头并进。周恩来说：

应该集中力量，首先解决重要方面的问题，防止百废俱兴，平均使用力量的偏向。

这里说的解决重要方面的问题，就是指重点抓原子、电子和导弹、航空、人造卫星等尖端科技。

为了突破尖端科技，周恩来提出了抓好基础理论研究的指导思想。

1956 年 1 月，周恩来以自己的远见卓识，指出中国"技术科学上的落后同理论科学基础的薄弱是分不开的"。

为了突破尖端科技，周恩来特别强调了大力协同、集智攻关的指导思想。

1957 年 6 月，周恩来指出：

> 为了有效地发展中国科学研究工作，必须贯彻协作的原则。各有关部门必须协调地进行工作。

这样才能为国家节约大量的人力和物力，才能加速科技工作的开展。

为了使科研工作与经济建设、国防建设更好地结合起来，周恩来提出了"领导、专家、职工群众"相结合，"使用、生产、科研"相结合以及"科研、教学、生产"相结合的原则。

为了早日实现科技现代化，周恩来特别尊重人才，强调培养和依靠科技人才的重要性。

早在第一个五年计划建设开始时，周恩来就指出："培养技术人才是我们国家建设的关键。"1959 年 12 月，周恩来又说：

> 掌握尖端技术，关键在于人才。

在周恩来的关心和过问下，一批海外科学家回到了祖国，中国一些重点大学办起了相关的系部和专业，对培养中国各种科技人才发挥了重大作用。

为了早日实现中国科技现代化，周恩来还直接领导制订了《1956—1967 年科学技术发展远景规划纲要（草案)》，也就是著名的"十二年科学规划"。

这一规划提前 5 年，于 1962 年基本上完成了，从而为中国科技的发展奠定了良好的基础。

毛泽东号召制定科学规划

1956 年 8 月下旬，北京的天气依然非常炎热。"十二年科学规划"的制定也接近尾声。

在陈毅的主持下，中共中央召开了国务院科学规划委员会扩大会议。

会议中通过了《关于科学规划工作向中央的报告》，从而完成了"十二年科学规划"的编制任务。

"十二年科学规划"从 13 个领域提出了 57 项重要科学技术任务。并从其中提炼出更带有关键意义的 12 个科学研究重点：

原子能的和平利用；

无线电电子学中的新技术；

喷气技术；

生产过程自动化和精密仪器；

石油及其他特别缺乏的资源的勘探，矿物原料基地的探寻和确定；

结合我国资源情况建立合金系统并寻求新的冶金过程；

综合利用燃料，发展有机合成；

新型动力机械和大型机械；

黄河、长江综合开发的重大科学技术问题；

　　农业的化学化、机械化、电气化的重大科学问题；

　　危害我国人民健康最大的几种主要疾病的防治和消灭；

　　自然科学中若干重要的基本理论问题。

　　"十二年科学规划"的制定，是科学家们响应党中央以及毛泽东"向科学进军"号召的结果。

　　新中国成立后，党中央明确了这样一个思想："革命的目的是解放生产力。"而生产力的发展又必须依靠科学技术水平的提高，依靠掌握现代化科学技术。

　　在1956年1月知识分子问题会议以后，很快在全国出现了"向科学进军"的热潮。

　　1956年1月25日，毛泽东同志在最高国务会议上指出：

　　　　我国人民应该有一个远大的规划，在几十年内，努力改变我国在经济上和科学文化上的落后状况，迅速达到世界上的先进水平。

　　1956年1月30日，在政协二届二次全体会议上，周恩来明确提出"向现代科学大进军"。

　　周恩来号召并要求国家计划委员会、中国科学院和有关部门，在 4 月份以前，制定出 1956 到 1967 年的 12 年科学技术发展远景规划。

对这个规划的总的方针和要求，周恩来做了明确指示：

> 这个远景规划的出发点，是要按照需要和可能，把世界科学的最先进成就，尽可能迅速地介绍到我国来，把我国科学事业方面最短缺而又最急需的门类，尽可能迅速地补充起来。
>
> 根据世界科学已有的成就来安排和规划我们科学研究工作。争取在第三个五年计划期末使我国最急需的科学部门能够接近世界先进水平。

这是制定"十二年科学规划"的总的指导思想和依据。

中央对规划的制定非常重视，决定由周恩来亲自抓，还决定由陈毅、李富春具体组织领导。

1956 年 4 月，国务院召开了制定"科学技术远景规划"的专门会议。对制定这个规划的意义、方针、基本内容和要求，以及如何进行规划等问题，进行了深入的研究。

从这次会议开始，"科学技术远景规划"已经由酝酿阶段开始进入到实际工作阶段了。

为了加强领导，国务院在这次会议上还决定成立由有关部门领导同志组成的领导小组，负责主持和领导规划的制订工作。

领导小组首先研究了方针、原则问题。当时提出了两条不同的方针。

一条是一切都靠我们自己从头摸索前进。另一条是在自力更生的前提下，先学会世界上已有的科学成就，然后再在这个基础上继续前进。

在讨论过程中，大多数同志的意见认为，第一条路比较长，比较曲折，究竟怎么搞，也很难具体设想；而第二条路则比较短，也比较直，不仅有世界先进科学成就可资借鉴，而且可以争取当时对我们友好的国家给以帮助。

经过讨论，大家同意了第二条道路。大家一致认为这是追赶世界科学先进水平，符合多快好省精神的正确方针。

关于规划的原则，各方面的意见分歧也较大，主要是两种意见，一种是按任务来规划，另一种是按学科来规划。

经过充分讨论，最后小组确定了按任务带学科作为这次规划的基本原则。

同时，大家还认为，除基本原则外，也不排除一些探索性、理论性的课题可以按学科和已有的研究机构来规划。事实上，当时中国科学院的不少课题就是按学科来规划的。

但这样还是引起当时一部分科学家的思想波动，以为这是对理论的轻视。

后来在周恩来指示下，在"科学技术规划"中加了一章"现代自然科学中若干基本理论问题的研究"。

在这一章中，对基础学科的研究工作做了比较恰当的安排，还把它列为重点之一，这场争论才平静下来。

经过大家认真负责的讨论，制定规划的方针、原则就这样确定下来了。

另一个争论的问题是规划的"重点"问题。

有的同志不同意将"几种主要疾病的防治和消灭"与"自然科学中若干重要的基本理论问题"这两项列入重点。聂荣臻指出：

> 有几种疾病，如血吸虫病，严重地危害着几千万人民的生命与健康，不是件小事，应该是科学研究的一个重点问题。

最终，大多数同志同意了将"几种主要疾病的防治和消灭"列为重点的意见。

制定这样一个规划，是一项非常艰巨、非常细致的工作，如果没有一个好的办法和步骤，不会事半功倍。为此，领导小组花费了不少精力。

最后领导小组决定，先由中国科学院、各高等院校、产业部门和国防部门分别制定出各自的规划。然后交国务院汇总，由集中起来的一批专家，对各部门的规划初稿进行审查综合和汇编。

当时集中了600多名国内各方面的科学家和技术人员，住在北京专门进行这项工作，前后持续了四五个月。

这些科学家和技术人员为了科学规划，达到了废寝忘食的程度。

另外，领导小组还邀请了一些苏联专家当顾问，帮助拟订和审议规划。首先来的是10个人的科学家小组。科学家小组走后，又来了苏联专家组负责人马里采夫和拉扎连柯。

当时到中国来的专家，非常热情认真，在制定规划过程中，付出了辛勤的劳动。

制定这样一个全国性的长远科学规划，核心的问题是怎样引导我国的科学技术更快地赶上世界先进水平。

领导小组根据周恩来确定的总的指导思想，又经过周密的调查研究，最后确定了几个重要方面：

1. 必须建立世界上已有的，又为我国国民经济和国防所必需的尖端学科，如喷气技术、计算技术、原子能和无线电电子技术等。

2. 基于我国的特点，需要进行综合性研究的大问题，如长江、黄河的综合治理、综合开发等。

3. 在国民经济建设方面和科学技术发展方面急需研究的关键问题，如农业、冶金的综合开发等。

4. 各业务部门在当前和不久的将来在实际生产中和基本建设中需要解决的较大的科学技术问题。

除此以外，还制定了培养科学技术人才和设置科学机构的规划。同时，对科技发展的进度、科学机构的布局和分工配合等一系列问题也进行了研究。

就这样，经过 600 多名科学家、技术人员和一些苏联专家约半年的讨论，这部《1956—1967 年科学技术发展远景规划纲要（草案)》终于完成了。

规划中还有一部分国际科技合作的项目，如派留学生、研究生和研究人员出国学习、考察，请一些外国科学家来华讲学、提供咨询意见，与苏联、东欧国家建立科学联系和共同进行某些研究项目等。

在这次制定科学规划过程中，中国科学院的领导也做了很多工作。中国科学院领导张稼夫为科学规划呕心沥血，在身体状况不好的情况下，仍然坚持到规划的完成。

1954 年，国家计划委员会颁发了"编制十五年国家经济长远规划"的要求。1954 年 6 月间，张稼夫就委托学术秘书处讨论科学规划的事。

学术秘书处根据国家计划委员会颁发的"编制十五年国家经济长远规划"的要求，分别召集院内外科学家，对数理、生物、地学、技术科学、哲学社会科学等方面的规划问题进行了座谈。

1954年10月，中国科学院院长顾问、苏联专家柯夫达来到北京。张稼夫经常和柯夫达研讨科学院的长远规划问题。

1955年1月柯夫达提出了《关于规划和组织中国全国性的科学研究的一些办法的建议》。张稼夫把"建议"提交党组研究。

1955年2月12日，张稼夫又把柯夫达的建议上报给了中共中央和周恩来、陈毅。

1956年1月5日，国家计委主任李富春遵照毛泽东"全面规划，加强领导"的指示，给张稼夫写了一封信。

在信中，李富春谈到制定"十二年科学规划"的方针、方法和内容，要求科学院主要作重点学科的发展规划。

李富春在信中指出：

> 这个规划必须是向科学和技术进军的规划，
> 必须是迎头赶上世界先进科学技术水平的规划。

张稼夫接到信后，于同月7日召开了中国科学院党组会议。确定按照来信的要求，如期提出科学院的"十二年科学规划"。

规划的重点，主要是重要学科的发展计划和重要专题的研究项目。中国科学院党组要把制定这一规划作为科学院工作的中心环节，组织力量大力进行。

1956年1月14日至20日，正是严冬，离新年也只有不到一个月的时间。中共中央在北京召开了知识分子问题会议。张稼夫参加了这次会议。

知识分子问题会议刚刚开完，张稼夫就投入到了"十二年科学规划"的制定工作上来。他的身体本来就不太好，青年时期曾患过肺病，并多次发作，一个肺已经萎缩，走起路来身体有点倾斜。

在科学院，张稼夫白天忙于开会，找人谈话，拜访科学家，往往要到晚上夜深人静的时候才能腾出时间批阅文件，处理公文。所以，张稼夫每天要到十一二点钟才能上床休息。

党组会议，多半是在晚上召开，而且开得很晚才能散会，而张稼夫的饮食又很简朴，喜欢吃家乡的粗茶便饭。每天下来，他十分疲劳。

正当科学战线紧张地制定"十二年科学规划"的时候，由于健康原因，张稼夫深感力不从心，不得不向中共中央和国务院提出调动工作的请求。张稼夫向陈毅副总理谈了自己的身体情况和请求调换工作的想法，并书面提出了接替他的工作的具体人选的建议。

中共中央考虑到张稼夫的身体情况，同意了他的请求，决定调他到国务院第二办公室任副主任，由原地方工业部党组书记张劲夫接替他的职务，二办副主任范长江抓全国十二年科学规划工作。

1956年3月15日，国务院科学规划委员会成立。由陈毅任主任，李富春、郭沫若、薄一波、李四光为副主任。张稼夫是科学规划委员会委员和副秘书长，继续参与制订科学规划工作。

在科学规划委员会成立之前，科学院党组书记新旧交替期间，张稼夫于1956年3月10日以科学院党组名义向中共中央写了一个报告。

报告中讲了中国科学院在制定"十二年科学规划"第一阶段进行工作的情况，并提出了他对当前科学工作中存在的主要问题的看法和对今后工作的具体意见，以供中央参考。

在第二阶段制订规划的过程中，张稼夫常去西郊宾馆参加制订规划的工作会议，范长江、张劲夫对张稼夫提出的有关规划的意见十分重视。

在张劲夫到科学院正式接任党组书记之前，张稼夫仍和苏联顾问拉扎连科保持工作联系，拉扎连科自始至终参加了制定规划的工作，而且出了许多好主意。

1956年5月间，科学规划的主要项目基本上定了下来，在这一任务快要完成的时候，张稼夫才正式离开科学院，到国务院二办赴任。

1957年3月18日，中国科学院制订了第二个五年计划《中国科学院 1958—1962 年计划纲要草案》。

中国科学院第二个五年计划，对实现国家十二年科学技术发展规划至为重要。

该"纲要"在自然科学方面，就建立与发展新技术的研究、国家经济建设中重大的科学任务以及基本科学理论和科学情报的研究提出了具体要求。

1960 年 4 月 19 日至 26 日，中国科学院第三次学部委员会议在上海召开。聂荣臻在第三次学部会议上要求在技术和理论方面不断有新的创造，他在报告中指出：

基础科学的理论能否领先，是攀登现代科学高峰的重要标志之一。

第三次学部会议动员广大科学工作者以更高的速度发展中国科学事业。

会议还受国家科委委托，讨论了由科学院草拟的全国《自然科学理论研究的三年规划纲要和八年设想（草案）》。

这个规划比起 1956 年制定的"十二年科学技术发展远景规划"，在基础研究方面又有新的补充，特别是与尖端技术关系密切的基础研究受到特别重视。

到 1966 年 2 月，大家感到科技发展的各个领域，尤其是军工产品的型号，无论在国外国内，改进更新都很快，不加强计划性和预见性，就无法适应形势发展的需要。因此，聂荣臻等领导又提出了"科研三步棋"的口号。

号召科研部门同时要有三个层次的型号，一个是现在正在试验、试制的型号，一个是正在设计的新型号，一个是要探索研究的更新型号。至少要看三步棋。

这个口号一提出，当即得到中央的支持，得到科研部门各级领导和广大科技工作者的热烈拥护。

大家都说，这样，眼界就开阔了，工作就更有计划性、目的性了。

科学规划的制定，科学政策的落实，为中国的科学事业，安排了详细具体的计划，注入了强大的活力，为开创中国科学新局面做好了准备。

科学院提出《科学十四条》

1961 年初，毛泽东号召全党大兴调查研究之风，并要求各条战线总结出方针政策性的条条来。

据此，全国第一个出现的政策性文件是《农业六十条》，第二个就是《关于自然科学研究机构当前工作的十四条意见（草案）》，简称《科学十四条》。

《科学十四条》的起草分两个阶段。第一阶段是出于中国科学院内部政策调整的需要；第二阶段则是在聂荣臻直接领导下作为全国性的科技工作的纲领性文件。

起步时，中国科学院党组决定此事由杜润生负责组织，汪志华、吴明瑜、朱琴珊等同志参加文件的起草工作。

为了起草这个文件，杜润生等同志进行了深入细致的调查研究，同时还吸取了众多科学家的意见。

1961 年 2 月，杜润生等同志提出了当时工作的若干条意见。

1961 年 2 月底，中国科学院召开研究所领导参加的党组扩大会议，集体讨论杜润生等提出的若干条意见，后经大家共同修改为"十四条"。

1961 年 3 月，中国科学院党组决定由党组成员率队到化学所和微生物所进行整风试点。

杜润生被分到化学所蹲点。一到化学所，他就开展了地毯式的调查研究。

在充分调查研究的基础之上，杜润生又对"十四条"做了修改补充。

1961年4月，中国科学院将拟好的草稿呈送聂荣臻。聂荣臻认为这"十四条"很好，建议面向全国。

文件草稿改用国家科委党组和中国科学院党组联署上报。文件名称改为《关于自然科学研究机构当前工作的十四条意见（草稿）》。

同时，还起草了一份以聂荣臻的名义给中央的报告。这份报告对"十四条"中的最重要的几项政策规定作了详细阐述。

1961年4月下旬，在江南名城杭州，由聂荣臻直接领导，韩光、范长江、于光远、张劲夫、杜润生等负责同志又共同进行了讨论。

此后回到北京，他们又讨论过一次。

4月至5月间，张劲夫、杜润生先后两次到上海，征求上海市委和上海分院领导关于"十四条"的意见。

杜润生等负责同志还专门在北京召开了科学家座谈会，听取科学家们的修改意见。

科学院的汪志华、吴明瑜，科委的甘子玉，中宣部的龚育之等参加了这些讨论，并在杜润生组织下，进行了具体的文件修改工作，最后由聂荣臻定稿。

1961年6月，聂荣臻《关于自然科学工作中若干政策问题的请示报告》，和国家科委党组、中国科学院党组《关于自然科学研究机构当前工作的十四条意见（草案）》被一起上报给了中央。

1961年7月6日，政治局开会讨论了聂荣臻的报告和《关于自然科学研究机构当前工作的十四条意见（草案）》。

聂荣臻对科学"十四条"产生的过程和内容作了说明。张劲夫则补充介绍了科学"十四条"在科学院试点的情况和反映。

邓小平在讨论发言中认为这个文件很好。他说：

> 是个好文件，可以试行，很有必要。试行后在实践中加以修订补充，使其成为科学工作中的宪法。

邓小平还对有关党的工作部分提出了补充修改意见。提出："党怎样工作？要创造一个生动活泼，人心舒畅的局面，出科学成果。党的领导干部要和科学家交朋友，关心帮助他们……要老老实实当好勤务员，为科学家服务，替他们解决困难。"

周恩来也讲了自己的想法。他说：

> 要向我们的干部讲清楚，我们为科学家服务好了，科学家就为社会主义服务得好。总而

言之，都是为了社会主义。

1961 年 7 月 19 日，《关于自然科学研究机构当前工作的十四条意见（草案）》在中央政治局会议上获一致通过。经中央正式批准下发，对全国科学界产生了重大影响。

"十四条"被誉为"科学宪法"，其内容主要有：

研究机构的根本任务是提供科学成果、培养研究人才，简称"出成果、出人才"；

保持科研工作相对稳定；

正确贯彻理论联系实际的原则；

计划的制定和检查要从实际出发，适应科学工作的特点；

发扬敢想、敢说、敢干的精神，坚持工作的严肃性、严格性和严密性，简称"三敢三严"；

坚决保证科学研究工作时间；

建立系统的干部培养制度；

加强协作、发展交流；

勤俭办科学；

百花齐放、百家争鸣；

团结、教育和改造知识分子；

加强思想政治工作；

大兴调查研究；

健全领导制度。

中央认为这个文件不仅适用于科学院，也适用于一切有知识分子的地方，所以下发的范围较广，被誉为"科研机构的宪法"。

科学院为了贯彻"十四条"，又进一步制定了《中国科学院自然科学研究所暂行条例》，简称《七十二条》。并于 1961 年 9 月 15 日颁发院属各所。

科学"十四条"为科学工作者更好地服务于社会主义现代化建设起到了保驾护航的作用，保证了"十二年科学规划"的提前完成，以及向科学进军的伟大胜利。

二、 民用科技

● 毛泽东明确地指示："地质部是地下情况的侦察部。地质工作搞不好，一马挡路，万马不能前行。"

● 第四机械工业部部长王诤认为：103、104 计算机是我国计算机发展史上的里程碑。

● "东方红－1"号的发射成功，标志着中国进入了航天时代。

周恩来倡导地质要先行

1959 年 9 月 26 日 16 时许，在松嫩平原上一个叫大同的小镇附近，一座名为"松基三井"的油井里喷射出了黑色油流。

顿时，围观的群众、科学工作者、石油工人沸腾了。大家这是在为举世闻名的大庆油田的第一口油井而欢呼。

当时正是国庆 10 周年的前夕，时任黑龙江省委书记的欧阳钦提议将大同改为大庆，并将大庆油田作为献给国庆 10 周年的一份特殊厚礼。

大庆油田是一个世界级的特大砂岩油田，它的发现揭开了中国石油开发新的一页。

对这一石油勘探成果，周恩来给予了高度评价，他说：

> 第二个五年计划期间建设起来的大庆油田，是根据我国地质专家独创的石油地质理论进行勘探而发现的。
>
> 石油已放出异彩，我们要在地震问题上也放出异彩。

没有周恩来提出并始终坚持"地质是先行""是开路

先锋"的思想，没有石油勘探列为地质工作战略重点的安排，就不会有石油工业放出异彩。

"地质是先行"，"是开路先锋"，这是周恩来始终强调和坚持的经济建设思想之一。

1950年5月，周恩来探望著名地质学家李四光时，深情地说：

> 我们的事业正在开始，不论是工业还是国防，都和地质工作分不开。地质工作要当先行。

1950年8月24日，周恩来在中华全国自然科学工作者代表会议讲话中又强调了地质工作的重要性。

1952年8月，中国地质部成立，国家调集和培训的地质技术人员已达到1000多人。

1952年8月下旬，周恩来、陈云、李富春到莫斯科与苏联政府商谈援助中国第一个五年计划的经济建设问题。

1952年11月17日至12月8日，在北京召开了全国地质工作计划会议。

陈云于12月4日到会作了重要讲话。陈云说：

> 地质事业在国家经济建设中已成了一项最重要的事业了。

与地质工作大发展、大转变的方针相一致，"一五"计划时期，周恩来更加明确了"地质是先行"，"是开路先锋"的指导思想。

1953年，第一个五年计划开始执行。这是我国地质工作大转变、大发展的时期。

1953年9月29日，周恩来在阐述第一个五年建设计划的基本任务时指出：

> 所谓先行企业，就是动力、地质勘察、交通运输，它们是开路先锋。

1956年2月，毛泽东在听取地质部工作汇报时，也明确地指示：

> 地质部是地下情况的侦察部。地质工作搞不好，一马挡路，万马不能前行。

"一五"时期由于地质工作的开拓先行，为以后建设做了一定的准备，为更大规模的勘探和普查工作打下了良好的基础。

调整时期，周恩来在三届人大一次会议上正式提出实现四个现代化的战略目标。

为实现四个现代化的战略目标服务，地质工作的先行地位被再次强调。

针对内地工业建设，周恩来要求"进行地质勘探、科学实验，厂址选择和各项设计工作，为今后进行工业建设做好必要的准备"。他说：

> 进行内地的工业建设，必须制定长远的发展规划，逐步实施。在近期内，首先是大力进行地质资源的勘探工作。

在整个科学研究工作中，他要求"加强资源和地质的调查、勘探、研究工作"。

为什么要地质先行？

因为从国防、科学技术到国民经济的各个方面，都离不开地质工作，都与它有直接或间接的关系。

对此，周恩来提出过许多精辟的见解。

周恩来说："这是准备工作，是建设新中国的重要基础工作。"又说："没有充分的材料是不好随便下手的，这就需要知识，需要材料，需要勘察，需要统计，需要技术，总起来说需要时间。"

1950年6月至7月，淮河发大水，毛泽东发出了根治淮河的伟大号召。

周恩来在具体过问治淮之事时，阐述了水利工作与地质工作的关系。他说："淮河的水文没有很好的历史记录，所以订计划很困难。"

在以后长江、黄河等大江大河的治理与开发中，周恩来一直重视与强调地质勘察的先期准备工作。

1950年9月14日，周恩来在全国妇女联合会第三次执行委员会扩大会议上的政治报告中说：

在解放战争中，我们有一位热心家，要修铁路，因为运输太困难，他把粤汉路拆下的钢轨搞来，两边对修，修到当中遇到一座山，通不过，只好半途而废。又把它拆掉。

你们看！这样没有修成铁路。因为没有勘察，道路怎么样，地基怎么样，遇到山怎么办，事先也不想一想修得通修不通，结果修不通，废了。

另一位热心家在河北平原上修运河，把两面的水连起来，可是修到当中遇到沙滩，水下去就不出来了，那条运河也修不成。

第三个例子，东北造纸厂要修一个烟囱，烟囱修起来了，一勘察地基需要7尺深，但是那个地方只能打3尺深，底下不稳，房子也不能修，结果烟囱也废了。

再一个例子，就是天津修仓库，房子修起来了，一下雨，整个塌下去了，因为地基底下尽是水。

还有一个例子，也是一位热心家要开煤矿，他把煤矿的一切设备都搞好了，也可以挖出煤了，然后找工程师一勘察，煤层不到半尺深，成本划不来，又废了。

志向很大，热心可嘉，但是得到的结果是浪费了国家的人力、财力，所以只有好心肠不行。

周恩来认为国家建设需要人力、财力、物力，而矿产资源的丰富是物力的主要标志之一。

工业建设不能没有矿产资源，"巧媳妇难为无米之炊"，工业建设有待于矿产资源的勘察、开发与利用。

1956 年 9 月 16 日，在党的八大会议上，周恩来作《关于发展国民经济的第二个五年计划的建议的报告》。

周恩来在阐述以重工业为中心的工业建设时指出："为了发展重工业，必须继续加强地质工作，并且使地质普查工作和重点勘探工作正确地结合起来，争取发现更多的新矿区和矿种，探明更多的矿产储量，以满足工业建设当前和长远的需要。"

党和政府的领导人对地质工作都很重视。毛泽东、刘少奇、周恩来、朱德都曾多次听取地质工作汇报，多次接见地质工作代表。这给了地质工作者巨大鼓舞。

周恩来不仅通过主持政务会议、国务会议研究地质部的工作，而且曾多次实地检查一些省、区的地质工作。

周恩来曾亲自到西陵峡，实地考察地质部三峡地质队勘察情况，给地质工作者留下了难忘的记忆。

周恩来为调集、组织、造就地质科技人才付出了大量心血。

杰出的地质学家李四光就是在周恩来关心与运筹下回国主持地质工作的。

从1948年出席伦敦第18届国际地质学会大会到新中国成立之初，李四光一直旅居国外。

在此期间，党中央和周恩来始终盼望李四光回来参加新中国的建设。

1949年9月，身在国外的李四光被推选为全国政协委员，10月被任命为中国科学院副院长。

听到党和新中国的召唤，当时还担任着国民党"政府"中央研究院地质研究所所长的李四光，毅然拒绝随蒋迁台的命令，冒着被国民党扣留、暗杀的危险，决定返回祖国。

为保护李四光安全回国，1949年11月15日，周恩来专门给当时任新华通讯社驻布拉格分社社长的吴文案、当时任中国驻苏联大使的王稼祥写信，嘱咐他们：

李四光先生受反动政府压迫，已秘密离英赴东欧，准备返国，请你们设法与之接触。并先向捷克当局交涉，给李以入境便利，并予保护。

1950年5月6日，李四光冲破重重障碍从国外辗转回到北京。

到北京后的第三天，周恩来即到李四光的住地看望，同他谈了形势、地质工作和地质队伍组建等问题。

周恩来说，我们要先把地质专业人员集中起来，把队伍整顿一下，你看是不是先成立一个委员会，你来当一段时间的主任，等到条件成熟了再成立地质部。总之，我们要尽快地开展工作，进行矿产资源的勘探和开发。

这次谈话后，李四光立即对中国地质工作的一系列问题进行了认真研究，并于 5 月 16 日向当时留在中国大陆各地质工作岗位上的地质人员总共 299 人发出信件，征询意见。

在多数地质专家支持下成立了中国地质工作计划指导委员会，地质专家有组织地动员起来。

周恩来把李四光等科学家视为国宝，既尊重、信任他们，也关心、爱惜他们。

1955 年 1 月 14 日下午，周恩来约李四光、钱三强谈话。

周恩来仔细询问了我国原子能科学的研究状况、人员、设备以及铀矿地质等情况。并告诉李四光、钱三强，中央要研究这方面的问题，到时请带上铀矿探测仪器进行探矿模拟表演。

晚上，周恩来写信给毛泽东，要求在 15 日下午中央主要负责同志同李四光、钱三强谈话，并观看表演。

1952 年，在周恩来支持下，北京地质学院、东北地质学院相继成立。

1953年7月，毛泽东在听取地质部工作汇报时，号召要注意开展大面积普查和区域地质调查工作，争取发现更多的后备勘探基地。

毛泽东形象而生动地说：

　　普查是战役，勘探是战术，区域调查是战略。

周恩来十分重视这一论断。在1956年党的八大会议上，周恩来提出要"地质普查工作和重点勘探工作正确地结合起来"。

就全面普查工作而言，周恩来对矿产地质、水文地质、工程地质、环境地质工作的开展都有所论述。

就重点而言，毛泽东、周恩来将铀矿与石油勘察列为战略重点，保证了中国核工业和石油工业的发展，并推动了全国工业化和现代化的进程。

周恩来对中国铀矿资源的勘察工作十分关注。中国核工业的发展是从铀矿普查发端的。

1954年，地质部的一支地质队伍在综合找矿中，在广西发现了铀矿床。当时主持铀矿勘察工作的地质部副部长刘杰把这个情况及时报告给毛泽东和周恩来。

此后不久，按照周恩来的指示，在国务院第三办公室下设立地质部普查委员会第二办公室，开始中国铀矿资源的开发工作。

1955 年 1 月 14 日，周恩来向李四光、钱三强详细了解我国原子能科学研究及铀矿资源情况，为第二天的中共中央书记处扩大会议讨论中国发展原子能事业问题做准备。

1955 年 1 月 15 日，毛泽东、刘少奇、周恩来、朱德、陈云、彭德怀、彭真、邓小平、李富春、陈毅、聂荣臻、薄一波出席会议，听取了李四光、钱三强和刘杰的汇报，观看了用仪器探测铀矿石的操作表演。

这次会议作出了发展原子能事业的战略决策，揭开了中国核工业建设的帷幕。

同年春，为了争取苏联援助，周恩来亲自出面同苏联驻华大使尤金多次谈判。

最后双方签订了两个援助协定，苏联援助中国勘察铀矿的地质协定和苏联援建一座实验性反应堆与一台回旋加速器的科技协定，为中国的核事业打下了基础。

中国石油工业放出异彩也是从石油勘探起步的。新中国成立后，石油资源不明的情况，引起了毛泽东、周恩来的高度重视。

1953 年底，毛泽东、周恩来约李四光到中南海，就发展石油工业的道路问题，即发展人造石油还是找天然石油问题征询意见。

李四光基于我国地质人员提供的对中国地质构造与油气资源的调查资料，运用地质力学的理论，分析了石油形成的基本条件，深信我国具有丰富的天然油气资源，对勘探前景予以肯定。

毛泽东、周恩来听后深表赞许，强调今后要加强石油的勘探与开发工作。1954 年 12 月，国务院作出决定，责成地质部从 1955 年起承担石油普查任务。

1957 年，地质部作出石油地质工作战略东移的决定，将原在西北的石油勘察队伍陆续调往松辽、华北、华东等地区，充实和加强这些地区的油气勘察。

建国 10 周年前夕，我国石油勘探取得重大突破，在松辽平原发现了大庆油田，从此揭开了中国石油开发新的一页。

周恩来的地质先行思想，对中国的地质工作发挥了重要的指导作用，对加强地质勘察工作并使它同重点建设协调发展，提供了许多经验。

在中国地质事业的带动下，中国的科学事业蒸蒸日上。

石油工业培植"五朵金花"

1965 年底，中国炼油工业完全实现了真正的工业化。我国炼油年加工能力达 1423 万吨，石油产品品种达到 494 种，汽油、煤油、柴油、润滑油等 4 大类产品产量达到 617 万吨，自给率达到 100%。

从此中国人民结束了使用"洋油"的历史。

这使 10 年规划原定在 1972 年完成的任务大大提前了，使中国本来十分落后的炼油工业技术很快接近了当时的世界水平。这巨大的功劳主要来自石油工业的"五朵金花"。"五朵金花"在 60 年代均被列为国家级成果。

关于"五朵金花"的巨大成功，我们要从 1950 年回国的科学家侯祥麟谈起。

1950 年 4 月，在美国工作的侯祥麟毅然舍弃了国外优越的科研工作条件，谢绝了上司好心的挽留，经组织同意，离美回国。

这是新中国的召唤，新中国为无数科学家实现梦想提供了真实的机会。38 岁的侯祥麟站在船头的甲板上，看着广阔的海面，感慨万千。

前面不远就是中国的青岛了，想到就要踏上祖国的土地，施展抱负，侯祥麟热血沸腾，感觉到前途从未有过的光明。

50年代前期，共和国的科学事业曙光初照，欣欣向荣。许多海外归来的专家学者深切感受到了祖国科学事业的勃勃生机。

科学家们一个个都感到前所未有的精力充沛，因为这些曾在科学的崎岖道路上艰难攀登的精英，现在面对的是施展抱负、创新发明的广阔天地。

刚刚回国的侯祥麟应聘到清华大学化工系任教授。1952年7月，侯祥麟被调往中国科学院大连石油工业研究所。

在此期间，侯祥麟主持了多项研究。在催化重整开题时，从国外回来的肖光琰博士主张用铂作为催化剂配方的关键材料，但遇到不同意见，研究进展受阻。

侯祥麟从工艺实际要求出发，支持肖光琰的意见，使这项研究很快取得进展。这些工作为60年代被称为"五朵金花"炼油新技术的开发成功打下了基础。

1954年3月，侯祥麟被调到石油管理总局炼油处任主任工程师。1957年9月至11月，侯祥麟随郭沫若院长率领的中国科学院代表团访问苏联。

访问期间，他考察了全苏石油炼制研究所等石油科研机构，为建设和管理我国的石油科研机构提供了宝贵的参考和借鉴。

1958年10月，国务院批准成立石油工业部石油科学研究院，这就是后来的石油化工科学研究院和石油勘探开发科学研究院。

侯祥麟被任命为该院副院长，主管石油炼制及军用油品的科研工作。

自50年代后期，侯祥麟把主要精力放在两个方面的攻关上，其中之一就是"五朵金花"炼油新技术的开发上。

50年代，中国军用和民航所用航空煤油即喷气燃料一直靠进口。当时石油部曾组织试产这种油料，但在地面试验和空中试飞时均出现喷气发动机火焰筒严重烧蚀问题。

后来中苏关系恶化，航空煤油进口日渐减少，中国军用、民用飞机均面临飞不起来的危急局面。

在这种紧迫情势下，侯祥麟组织起6个研究室的力量，亲自带领科研人员日夜苦干。

侯祥麟夫人李秀珍也是攻关试验组的负责人，在1960年除夕夜里，夫妻俩把两个小女儿锁在家里，一起在实验室里鏖战。

无数次的挫折和失败，无数次的分析、对比、探索、总结，侯祥麟他们终于找到镍铬火焰筒烧蚀的原因，并由他和副总工程师林风等一起研究出了一种从根本上解决这一难题的添加剂配方。

1961年我国就生产出了合格的航空煤油，1962年正式供应中国民航和空军部队。

1959年，为了配合中国原子弹、导弹和新型喷气飞机的研制，副院长侯祥麟亲自领导进行攻关研制，圆满地完成了自己的任务。

1962年1月，石油部成立炼油新技术开发核心领导小组，负责规划和组织领导炼油新技术研究开发及攻关工作。

在编制国家科委十年科技发展长远规划时，侯祥麟负责制定了《1963—1972年国家炼油科技发展规划》。"规划"提出：

在学习、吸收国外先进炼油技术基础上，依靠国内技术力量，尽快掌握流化催化裂化、催化重整、延迟焦化、尿素脱蜡，以及有关的催化剂和添加剂等5个方面的工艺技术，即著名的"五朵金花"。

"五朵金花"提法从哪里来的呢？

1962年10月，在北京香山，石油部召开了炼油科研工作会议。侯祥麟参加了这次会议。

这次会议确定了石油部要集中各方面的技术力量，独立自主地开发炼油新工艺、新技术。其中主要是：流化催化裂化、催化重整、延迟焦化、尿素脱蜡，以及有关的催化剂和添加剂等5个方面的工艺技术。

当时大家刚看完电影《五朵金花》，影片讲述的是五位美丽的、都叫金花的白族姑娘的爱情故事。于是在会上大家就把要开发的这5项新技术，叫作炼油工业的

"五朵金花"。

从此，"五朵金花"在我国炼油行业叫响了。后来"金花"逐渐延伸，成为石油化工业内重大新技术的一个代名词。

当年负责有关催化剂研制工作的闵恩泽院士回忆："五朵金花"项目研究开发工作大都在石油科学研究院进行。时任石油科学研究院副院长的侯祥麟，把主要精力放在"五朵金花"的研究开发上。大到科研方向、试验方案的制定，小到试验的每个环节，他都亲自抓，亲自过问。

"五朵金花"之一的催化重整工艺在石化工业中有着举足轻重的作用。但这项工艺需要金属铂，而铂比金子还贵重，中国无铂，全靠进口。

一些人认为搞这项技术不符合国情，侯祥麟从工艺实际要求出发，力排众议，支持用铂作为催化剂配方材料，使我国催化重整技术获得了突破性发展。

在培育"五朵金花"的日子里，侯祥麟在研究院、实验室、炼油厂之间奔波着，功夫不负有心人，"五朵金花"终于结出丰硕的成果。

在侯祥麟等石油专业科学工作者的努力下，我国的石油工业获得了巨大发展，石油科技取得了举世瞩目的成就，为中国的许多行业增添了动力。石油工业成功地实现了向科学的大进军。

科学院紧急开发计算机产品

1959 年 10 月 1 日，天安门前鼓乐齐鸣，一片欢腾。这里成了人的海洋，花的世界。这是国庆 10 周年纪念的日子。

就在这一天，中国最新研制的电子计算机 104 机模型出现在天安门游行的队伍中。天安门前一片欢呼："毛主席万岁！""中国共产党万岁！"

104 大型计算机的成功研制，是众多科学家日夜奋战的结果。科学家终于在国庆 10 周年之前，完成了这个艰巨的任务。科学家们长吁了一口气。

104 大型计算机的成功研制，是在落实"四大紧急措施"的基础上进行的。1957 年，中国科学院为了落实"四大紧急措施"，采用超常规的办法，集结人才。

为了尽快发展新中国的计算机科学，中国科学院与国防部联合建立了发展计算机技术研究基地。

1957 年 1 月，中国科学院副院长吴有训、中国人民解放军副总参谋长李克农和军工机械工业部副部长刘寅，联合签订了《中国科学院、中国人民解放军总参谋部、第二机械工业部合作发展中国计算技术的协议书》。协议规定：

先从国防部门和二机部抽调有关技术专家，集结到科学院计算所，争取早日制造出中国第一台快速通用电子计算机。然后，有关人员再回原单位，建立和发展本单位的计算机研制工作。称为"先集中，后分散"。

经过到苏联考察、调研，专家们一致同意先在国内仿制苏联 БЭСМ－Ⅱ型计算机，代号 104 机，技术方面主要负责人是吴几康、张效祥。

1957 年 10 月，二机部十局科技处处长王正找到北京有线电厂，即七三八厂的总工程师高兆庆，问道："搞一台大型快速电子数字计算机运算弹道火箭，你有没有兴趣？"

高兆庆答应试试看，因为这时虽然有苏联的帮忙，但这在中国毕竟还没有先例，很多的东西还需要靠自己的摸索。

高兆庆每天翻阅研究大量的国外资料，当看到 1956 年日本富士通集团生产的第一台计算机也出自交换机厂时，受到深刻的启示，决心借鉴日本的经验。

高兆庆找来计算机的基本原件"插件"，反复研究、揣摩、比较，最后得出了结论，计算机和交换机的工艺相近，两大机种的插件在冲压骨架、车制零件、表面处理、装焊、调测等方面相同，电器原理一致。

从而，高兆庆认定交换机厂搞计算机具有一定的优势，进一步坚定了搞出中国自己的计算机的决心。

与此同时，高兆庆找来各方面技术人员进行座谈。经过认真研讨，大家一致认为：104 机是高、精、尖产品，对七三八厂有吸引力。上 104 机可以改变本厂产品的单一结构。研制 104 机可以培养一批干部和业务骨干。

通过论证，高兆庆又一次找到王正，欣然接受二机部十局下达的任务，同时试制 103 机。104 机字长 39 位，容量 4K 字，运算速度每秒一万次。

试制这样大型的计算机，难度很大，一切需要从零开始。当时的做法是，咬住交换机，只靠它吃饭，试制计算机面向科研。在试制 104 机过程中，制定了 3 项措施：依靠科研院校的技术支援；由用户提供技术资料；对用户负责。在 104 机生产过程中实行"三结合"。

"三结合"方针的确立是非常重要的。

首先，在提出新产品项目上，实现了科研、厂家、用户三结合。根据中苏技术合作协定，苏联科学院精密机械和计算技术研究所提供 104 机的图纸。

然而苏联提供的图纸，一是不标准化，大多为草图；二是未按预计要求，到达较晚。

1958 年 4 月中旬标准插件图纸才开始到达，1958 年 8 月底全机主要图纸才基本交齐。这就为试制生产带来更大的难度和困难。

从 1958 年 9 月起，七三八厂先后选派 9 名技术干部和 50 名工人到计算所参加机架总装，磁芯测试，磁芯板穿线，插件修理等工作。

磁芯体是 104 机的心脏，是由 8 块磁锌板组装成的大部件，而每一块磁锌板要穿 6000 多个磁芯，每一个磁芯要在 0.8 毫米内径穿过三根不同坐标的导线，难度很大。

七三八厂的工人和计算所的工人边干边摸索，一举创造了 26 个工时穿成一块磁芯板的纪录，大大突破了苏联的工时定额。

在 104 机的生产试制中，七三八厂以自力更生为主，以国产设备为主，抽调数百名干部和工人成立了计算机车间和计算机室。并抽出一部分技术人员，会同供销采购人员，奔赴全国各元器件厂，选购器材，克服重重困难，终于完成了 104 机的器材供应任务。同时完成了 6000 张 A4 图纸的翻译复制工作。

为了战胜 104 机生产过程中遇到的一道道难关，成立了数十个"工人、干部、技术人员"组成的三结合攻关小组。

总工程师高兆庆先后参加了磁芯、磁鼓、磁头攻关小组，和工人同吃、同住，先后解决了磁头、磁鼓焊线不均匀，磁鼓精度不高等问题，并创造了震动态喷镀法。

在总装时，高兆庆亲临一线和工人们干在一起，仅用 4 个月的时间就完成了 104 机主要部分的装配工作。104 机的生产，历时半年。

在 104 机的生产过程中，全厂广大干部、科技人员发挥了极大的干劲和热情。

他们不畏困难，大胆技术革新，用自己的土办法完成了许多任务。在生产过程当中，他们把共产主义协作共进之风发挥得淋漓尽致。

104 机是国产第一台大型通用数字计算机，在 1959 年 4 月底初步调试成功后，就准确地报出了五一节天气预报，完成了它的第一道课题。

经过正确性、可靠性调试后，1959 年 9 月 15 日，《人民日报》第二版用醒目的标题，向全国人民报道了一个科技界的好消息。

中国第一台大型快速电子管数字电子计算机即 104 机试制成功，向国庆 10 周年献礼！

104 机从开始筹备到调试成功、投入试用，只用了一年半时间。

虽然 104 机是仿制的，但由此培养了人才，取得了管理经验，特别是取得了通过全国大协作，组织联合攻关的成功经验。这为 20 世纪 60 年代以后我国独立自主、自力更生地进一步发展中国计算机事业奠定了良好基础。

104 机的浮点运算速度只有每秒一万次，但在当时，却是国内运算速度最快的计算机。

104 机承担过中国第一颗原子弹研制中的计算任务，也承担过航空、水坝、铁路车站最优分布以及大地测量方面的计算，在历史上发挥了重要作用。该机曾获部新产品成果奖，并在 1964 年全国新产品展示中荣获国家一等奖。

就当时而论，104 机是比较先进的，它虽然比美国第一台计算机晚 12 年，比日本晚两年，但主要指标仅次于美国、苏联，而高于英国、日本、西德，这说明国产计算机的起步一点也不落后。

从 1959 年开始，104 机投入批量生产，并从 1964 年始不断开发新品种。

严格地讲，中国计算机的独立体系，是由 104 机开始的，七三八厂在试制 104 机的过程中，成立了职工夜大学，开设了学习计算机的专业课程，培养了最早的中国计算机专业人才。

与 104 机研制同时进行的还有 103 机的研制，103 机属于小型计算机。103 机也是功勋计算机。103 机的成功研制，与科学家钱基广的努力密不可分。

1957 年，中国决定先仿制苏联产品研制计算机。1957 年起，钱基广多次担任计算机新产品主持设计师和主管技术领导。

七三八厂从交换机生产线抽调人员，成立总设计科第二设计室，下辖 103、104 两个机组。工厂生产计算机的负责人为顾存俊、陆学逊，103 组钱基广，104 组任公越。

9 月 28 日，计算所的莫根生和钱基广到二机部十局接收了第一批 M－3 机图纸。厂里随即成立独立于交换机设计室之外的第二个设计室，计算机设计室。

钱基广任 103 机室主任，成为第一个负责 103 计算机电路技术的工程设计人员。1958 年一季度，开始加工零件和布线、装配、焊接。中科院计算所承担了编制接线表的工作。

1958 年 5 月 30 日全套设备制备完毕，运到计算所。1958 年 8 月 1 日，厂所合作完成全部调试工作，可进行几分钟的运算，并公开进行了表演。

尽管它只能运算四条指令，但却使中国计算机实现了从无到有零的突破。当时，为了纪念中国第一台计算机的诞生，中科院党组书记张劲夫风趣地为 103 机起了个小名："有了"。

中科院八室负责 103 机研制的是以莫根生、张梓昌为首的 103 机研制组。设计结构组组长莫根生，电路组组长郑守祺、顾尔旺负责磁鼓，孙仲谦负责打印机，张品贤负责磁带机。

103 机参照的是苏联 M－3 小型计算机，原图纸中错误很多，电路设计也有重大问题，进行了多项修改。从 1959 年开始，按修改后图纸生产 103 机；一些产品直接提供给用户调试。

到 1960 年共生产了 18 台。1960 年七八月起，对外停止供应设备。要求生产安装后开机就能使用的成熟产品，要达到生产定型要求，调试成功的 103 机整套设备才允许出厂。

在钱基广室主任组织下，整整花了一年时间，控制生产技术，彻底修改了电路设计。计算机使用的脉冲变压器、氧化铜整流器等器件均由工厂自制，提高了工艺，图纸达到生产鉴定标准。

二极管与门、或门逻辑电路采用氧化铜整流器，即二极管，经钱基广改进使用 20 片组装可稳定工作。生产的第 19 台产品为样机，可稳定运行 24 小时。

1961 年 12 月 22 日，103 机通过生产鉴定，改称为 DJS－1 型电子计算机，生产了 16 台之多。用户安装之后，每日、每周按操作要求维护，机器可整日工作，产品质量大为提高。

1963 年，成功试制了 2048 位磁芯存储器的 103 计算机。1965 年，相继为老、新用户加配机柜和附件。

加装磁芯存储器做主存储器的计算机，运算速度从原使用磁鼓存储器的每秒 30 次提高到每秒 1500 次。

1962 年，在安徽合肥召开全国第二届计算机交流会。由于 103 计算机优秀的质量，在大会出尽风头。许多科学家对 103 计算机作了良好评价。在这次学术会议上，七三八厂成为难得的主角。

在这次会议上，钱基广还上台介绍了 103 计算机的生产、维护，获得了科学家们的热烈掌声。

后来，七三八厂几经讨论上马 121 计算机，因为工厂的生产条件改善，人员水平快速提高，不仅能够圆满完成任务，还能够抽出人员支援贵州的八三零厂筹建，使那边的计算机提前一年出厂。

七三八厂生产的 103 机和 104 机，一起被原第四机械工业部部长王诤誉为：

> 我国计算机发展史上的里程碑。

从无到有，中国终于开创了自己的计算机工业发展道路，同时还造就了中国计算机技术的一代人才。

这是向科学进军中的优秀一步，它给中国科学事业的发展带来的影响必定是不可估量的。

上海机电设计院开发火箭产品

1960 年 2 月 19 日，在上海南汇简易发射场，许多科学家正在紧张地盯着一个指向天空的金属物体。

这是上海机电设计院自行设计制造的火箭，即"T－7M"试验型液体燃料探空火箭。

随着一声巨响，"T－7M"飞向蓝天，越来越高，最终在人们的视线中消失。

发射成功了！毛主席万岁！

发射场上响起了人们的一片欢呼，机电设计院的科学家们拥抱在一起，激动得热泪盈眶，相互庆祝这次成功的发射。这枚火箭试射成功，开始了中国的"空间时代"。这是中国探空火箭技术取得的第一个具有工程实践意义的成果。

"T－7M"火箭是中国科学院计划研制的"T－7"探空火箭的模型火箭。

研制的目的在于掌握火箭设计、制造和试验技术，创造技术保障条件和培养火箭技术队伍，主要用于研究液体燃料火箭的各项技术和摸索火箭发射场的建设经验等。

在近地空间范围内进行环境探测、科学研究和技术试验的火箭，总称为探空火箭。

探空火箭的主要任务是把科学仪器、试验部件或实验生物等送到高空，以测量、获取所需要的数据和资料，研究自然现象的发展变化和试验新技术的可行性等。

上海机电设计院自行设计制造的"T－7M"试验型液体燃料探空火箭起飞总重量 190 公斤，总长度 5345 毫米，箭体直径 250 毫米。火箭飞行高度 8 到 10 公里。

为了保证主火箭发动机启动安全和工作可靠，确定采用爆破薄膜作为启动阀。要求薄膜的铣削深度公差应保证在 0.005 毫米以内。

因机械加工无法实现这一要求，就选用化学腐蚀法加工。研究人员自己动手把针头磨成微型刻刀，在印刷纸上刻出所需图案，再印刷到丝绢上，随后又进行了大量的加工试验才使爆破压力精度达到设计要求。

当时发射场设施非常简陋。发电站是用芦席围成的，顶上只盖了一张油布篷。

发射场没有通讯设备，总指挥下达命令只能靠呼叫和手势；没有专用的加注设备，加注推进剂是用自行车打气筒作为压力源；没有自动遥测定向天线，靠几个人用手转动天线来跟踪火箭。

创业之初，就是靠这种艰苦奋斗的精神，因陋就简，发射了中国第一枚探空火箭。

为保证探空火箭发射成功，必须建设地面设备齐全的火箭发射场。上海南汇的简易发射场难以适应工作发展的需要。为此，在1960年初，中国科学院确定以地球物理所二部即581组为主，上海机电设计院参加，建立新的火箭发射场。

1960年3月，中国科学院与上海市委商定，在安徽广德县誓节渡山区建立中国第一个初具规模的探空火箭发射场。

场址四面环山，开发前遍地灌木荆棘，没有房屋和公路，交通非常不便，物资供应困难。

建设者们发扬艰苦创业精神，夜以继日奋战在山区里，仅用了不到半年时间，就建设成发射控制室、发动机测试室、助推器装药室、推进剂加注房、发射场坪和发射架、箭头总装总调间、遥测接收站、雷达阵地工程、气象观测室和生活区等。

1960年9月，在这个发射场首次成功地发射了中国第一枚"T-7"火箭。

安徽广德发射场最初由地球物理所领导，1960年6月划归上海机电设计院领导，1963年又随上海机电设计院划归国防部第五研究院。

与探空火箭研制同时进行的还有气象火箭的研制。它们都为中国的空间科学事业作出了贡献，为科学家进行空间研究提供了大量有用的数据。

气象火箭是专门用来探测30公里至100多公里高度的大气温度、压力、密度、风向、风速等气象参数的。

这些参数对天气预报、环境保护、科学研究和航天飞行器的设计与试验是非常重要的。

由上海机电设计院和地球物理所合作研制的"T-7"气象火箭是中国第一代气象火箭中的率先型号。它是一种由固体燃料助推器和液体燃料主火箭串联起来的无控制火箭，起飞重量1138公斤，最大飞行高度约60公里，携带气象探测仪器25公斤。

1959年11月，上海机电设计院开始了"T-7"气象火箭的研制工作。

1960年4月发动机热试车成功。1960年6月完成了3枚火箭的总装工作。1960年9月，在安徽广德发射场上，"T-7"气象火箭发射成功。整个研制周期不到一年的时间。

由于国防科委对火箭探空提出了更高的要求，1962年1月，中国科学院对气象火箭提出了新的任务。

探测仪器重量要增至40公斤，正常飞行高度要求60公里以上，最好为80公里至100公里，测量60公里以下的高空大气压力、大气温度、风向风速，确保箭头、箭体安全回收等。

鉴于"T-7"已不能满足上述要求，上海机电设计院总工程师王希季提出采用先进的铝蜂窝结构尾翼和薄壁贮箱等一系列重要改进措施，改进后的产品被称为"T-7A"气象火箭。

1963年12月，第一枚"T-7A"型气象火箭发射成功。

火箭携带 40 公斤探测仪器，飞达 115 公里高空。"T－7A"气象火箭起飞总重量 1145 公斤，总长度 10.32 米，主火箭箭体直径 450 毫米，助推器直径 460 毫米。箭头、箭体在弹道顶点附近分离后分别用降落伞装置进行回收。

攻克蜂窝结构新技术是"T－7A"研制的关键，这一成果不仅提高了"T－7A"探空火箭的性能，而且也为以后中国的运载火箭和卫星采用蜂窝结构探索了道路。

气象火箭研制的成功，不仅为中国空间技术的发展摸索了经验，创造了条件，同时通过对高空风速、风向、气温、气压和密度的测量，也为导弹导飞行器的设计取得了有价值的数据。

探空火箭、气象火箭是向科学进军事业中的一部分，它为中国的科学事业作出了贡献，促进了导弹核武器的研发工作，还对中国的第一颗人造卫星上天提供了许多经验。

科学院领导卫星上天工程

　　1970 年 4 月 24 日，是温暖而又美丽的一天。就在这一天，我国第一颗人造卫星"东方红 – 1"号从酒泉卫星发射中心升上了太空。

　　1970 年 4 月 24 日 15 时 50 分，周恩来电话告知国防科委副主任罗舜初：

> 毛泽东主席已经批准这次发射，希望大家鼓足干劲，仔细地做工作，要一次成功，为祖国争光。

　　21 时 35 分，卫星发射时刻终于到来了。

　　"东方红 – 1"号随"长征 – 1"号运载火箭在发动机的轰鸣中离开了发射台。

　　21 时 48 分，星箭分离，卫星入轨。

　　21 时 50 分，国家广播事业局报告，收到中国第一颗卫星播送的《东方红》乐音，声音清晰洪亮。

　　"东方红 – 1"号在太空昼夜不停地向全球播放《东方红》乐曲和遥测信号，向全世界宣布中国已进入宇宙空间。

　　1958 年，科学院的科学家们曾提出"上天、入地、下海"的发展方向。

上天，就是发射人造地球卫星，发展星际航行技术，也就是到太阳系其他行星上去。入地，就是向地壳深处开发。下海，就是对公海资源进行利用。

在建议我们中国也要搞人造卫星的人中，最积极的是地球物理所所长赵九章。张劲夫把科学家的意见反映到了武昌会议上，中央书记处开会研究，同意科学院搞人造地球卫星。

为了尽快让中国的人造卫星上天，中共中央拨出了两个亿，专门供科学院来研究人造地球卫星。

当时中国科学院为了搞人造卫星，成立了 581 组，还分别以力学所、自动化所、地球物理所为基础成立了 3 个设计院。

当时打算发射一颗科学试验卫星，设想"苦战三年，实现上天"。当时，中国科学家们曾为此去过苏联。

在苏联虽然没有达到考察卫星研制工作的目的，但苏联先进的工业和科技还是使中国的科学家们开了眼界。

科学家对比苏联和中国情况，意识到发射人造卫星是一项技术复杂、综合性很强的大工程，需要有较高的科学技术水平和强大的工业基础做后盾。

代表团在总结中写道，发射人造地球卫星中国尚未具备条件，应根据实际情况，先从火箭探空搞起。同时，应立足国内，走自力更生的道路。

1959 年 1 月 21 日，主持领导卫星研制工作的张劲夫向科学院传达了邓小平的指示：

> 卫星明后年不放，与国力不相称。
>
> 卫星还是要搞，但是要推后一点。

根据中央的方针，张劲夫提出"就汤下面"，因国家经济困难，暂停卫星研制工作，集中力量先搞探空火箭。

为此，除研究试制运载火箭及各种高空气象探测仪器、地面接收系统外，还在安徽广德县的无人山谷中建立了探空火箭试验场。

1960 年 7 月和 9 月，在试验场做过若干批次火箭发射试验，裴丽生曾亲赴现场视察。

1961 年 4 月，苏联载人飞船进入太空，引起我国科技界和国防部门的极大关注。在裴丽生主持下，中国科学院组织了星际航行座谈会，每次由一位专家主讲一个专题。

1961 年 6 月 3 日，星际航行第一次座谈会由钱学森作了题为《今天苏联及美国星际航行中的火箭动力及其展望》的中心发言。第二次由赵九章讲了《卫星的科学探测和气象火箭测量》。每次中心发言后，裴丽生就让科学家各抒己见，畅所欲言。

经过多次讨论，科学家们得出一个共识，搞卫星，实际上与搞导弹是互为表里、相互作用的，因为发射卫星与发射导弹所需要的火箭技术基本上是一回事。苏联、美国的卫星上天，表面上是民用，实际上主要目的还是军用。

座谈会延续了三年，一共举办了 12 次，提出了许多有益的设想和建议，这不仅活跃了学术思想，而且为后来的卫星上天提供了技术储备。

1964 年张劲夫到科仪厂即后来的卫星总装厂蹲点，明确提出了"两化、三出"的要求。"两化"，即革命化，现代化。"三出"，即出成果、出人才、出产品。产品就是卫星和科学仪器。

1964 年我国中程导弹发射成功，同年 12 月，赵九章上书周恩来，认为抓卫星工作时机已经成熟。建议中央采取措施，争取在建国 20 周年发射卫星上天。周恩来批示说要科学院拿出方案。

1965 年 5 月 6 日，中央专委第十二次会议决定将人造地球卫星列入国家计划。并确定中国科学院为卫星发射技术研究单位和卫星本体研制单位。

中央专委还责成国防科委组织协调，由中国科学院在 10 月份向专委提出具体安排报告。

中国科学院党组立即行动，在张劲夫统一领导下，由裴丽生负责具体组织工作。裴丽生召集地球物理、力学、自动化、数学、电子学、计算技术等研究所参加会议。

经过认真深入的讨论，1965 年 7 月 1 日，中国科学院向中央专委呈送了《中国科学院关于发展我国人造卫星工作的规划方案建议》。

中央专委第十三次会议讨论了这个报告，并原则批准了有关建议。

1965 年 8 月 17 日，裴丽生主持召开中国科学院落实中央专委第十三次会议批示的建议，决定在组织领导方面，院内先成立三个机构：以谷羽为组长，杨刚毅、赵九章为副组长的卫星工作领导小组；以赵九章为组长，郭永怀、王大珩、杨嘉墀为副组长的总体设计组；还有以陆绥观为主任的办公室。

为了发射人造卫星，中国科学院落实中央专委第十三次会议批示的会议还要求中国科学院成立了六五一设计院，即卫星设计院，院长是赵九章，副院长是钱骥。

科学院还用大量外汇武装了科学仪器厂，也就是卫星总装厂。

中国科学院落实中央专委第十三次会议批示的会议还要求总体设计组和办公室在 9 月 15 日以前完成以下工作：

> 提交领导小组研究后向院党委汇报；草拟第一颗人造卫星总体设计方案；提出院内、院外各有关单位分工协作方案；提出第一颗卫星发射及今后一系列卫星研制所需的组织措施和条件保证；草拟卫星设计院的组织方案等。

1965 年 8 月 25 日，中国科学院党委将 3 个小组成立后的工作情况向国防科委罗舜初、张震寰副主任做了汇报。

国防科委提出要适时召开有军民各有关部门参加的第一颗卫星方案论证会，以便集思广益，把方案确定下来，进入实际研制阶段。

国防科委委托中国科学院组织并主持这个会议，中国科学院党委决定会议由裴丽生负责组织和主持。

研制人造地球卫星在中国是首创，没有前人经验可以借鉴，它所涉及的行业和技术极其广泛和复杂。

为了开好这次会议，裴丽生在院党委的统一领导和国防科委等主管部门的支持下，充分发挥科学家和各研究所科技骨干的积极性，组织力量及时做好了会议的准备工作。

裴丽生在组织领导人造地球卫星的研制和规划工作中，经常抽时间到科研第一线，同科技人员交谈，了解情况，征求意见，丰富了自己对卫星这件新鲜事物的认识，取得了对一系列技术和组织问题的发言权，提高了决策的科学性和及时性。

在发射第一颗卫星的技术方案中，最基本的要求之一是"抓得住"，即卫星上天后，地面台站能非常有把握地进行跟踪，并及时地、精确地测量其运行轨道，向全世界发布消息。

当时最好的手段是大型高精度跟踪雷达，但四机部的研制进度没有把握。另一种办法是无线电干涉仪，但其可行性也没有充分把握。

地球物理所二部，即581组电离层研究室的周炜在"和平1号"地球物理火箭探测工作的基础上，同时参考美国的文献报道，提出了一个设备简单轻便、研制生产周期短、搜索目标容易、造价便宜的多普勒测速系统方案。这是一个大胆创新的方案，一开始并不完善。

但是如果能解决卫星入轨时的轨道数据计算问题，就可成为一个独立的卫星定轨系统，为整个卫星发射任务解决一个关键问题。

为此，裴丽生对周炜的研究室做了深入细致的调查研究。裴丽生亲自到每个实验室察看，仔细询问一些设备和仪器的技术细节，还利用节假日到河北廊坊的电离层探测站作了进一步考察。

第一颗卫星方案论证大会从1965年10月20日开始，由于内容庞杂，问题繁多，到1965年11月30日才告结束，历时42天。

会议基本完成了预期的要求，论证了第一颗人造卫星的技术方案、进度计划和条件保证，部分同志还研究了分工协作和技术管理办法。

1965年11月30日，裴丽生作了大会总结报告。这次会议还对多普勒系统进行了讨论，提出了需要进一步探讨完善的课题。

第一颗卫星总体方案论证会后，在赵九章所长主持下，组织六五一设计院、数学所、紫金山天文台和计算所的人员进行了大量验证计算工作，为多普勒测速仪独立测轨提供了确切可靠的依据。

1966年2月，以多普勒测速仪为基础的方案被采纳。以多普勒测速仪为基础的地面观测系统迅速向全世界发布了卫星轨道预报。

随着各种复杂问题的解决，卫星信号的问题被提了出来。苏联第一颗人造卫星的呼叫信号是滴滴答答的电报码，遥测信号是间断的。

中国的卫星信号应该是什么样的？

卫星总体组的组长何正华认为，中国应该超过苏联，发射一个连续的信号，且这个信号要有中国特色，全球公认。

当时中央人民广播电台对外呼号是《东方红》乐曲，某种意义上《东方红》也成了"红色中国"的象征。出于对毛泽东的崇敬，何正华亦提出了卫星命名为"东方红－1"号的建议。这些提议在"651"会议上得到了专家的赞同。

1966年5月，经国防科工委、中国科学院、七机部负责人罗舜初、张劲夫、裴丽生、钱学森等共同商定，决定将中国第一颗人造卫星取名为"东方红－1"号。

1967年初正式确定中国第一颗人造卫星要播送《东方红》音乐，让全球人民都能听到中国卫星的声音。

1970年4月1日，装载着两颗"东方红－1"号卫星、一枚"长征－1"号运载火箭的专门列车到达中国西北酒泉卫星发射中心。

4月份的西北戈壁滩上白天也要穿棉衣，到夜间，裹着皮大衣也感到寒冷。在离地面30多米高的龙门塔工作平台上，科技人员不分白天黑夜，排除一切故障，一次次地测试。

1970年4月24日，"东方红－1"号随"长征－1"号运载火箭在发动机的轰鸣中离开了发射台。

1970年4月25日18时，新华社受权向全世界宣布：

1970年4月24日，中国成功地发射了第一颗人造卫星，卫星运行轨道的近地点高度439公里，远地点高度2384公里，轨道平面与地球赤道平面夹角68.5度，绕地球一圈114分钟。……播送《东方红》乐曲。

新闻公报刚发表，顷刻间，首都北京灯火通明，锣鼓声四起，鞭炮齐放，人们拥上街头高呼着：

毛主席万岁！

"东方红－1"号卫星升空后，星上各种仪器实际工作的时间远远超过了设计要求，《东方红》乐音装置和短波发射机连续工作了28天，取得了大量工程遥测参数，为后来卫星设计和研制工作提供了宝贵的依据和经验。

"东方红 - 1"号的发射成功，为中国航天技术的发展打下了极为坚实的根基，带动了中国航天工业的兴起，使中国的航天技术与世界航天技术前沿保持同步，标志着中国进入了航天时代。

三、 国防科技

● 1964 年 10 月 16 日 15 时，罗布泊戈壁大漠深处出现一道红色的强烈闪光。

● 张劲夫深有感触：对外交的事，可不能随随便便讲。

● 中国科学院党组向党中央写出报告：建议建立水声学队伍，尽快开展我国国防水声学研究工作。

中央关注核事业发展

1964 年 10 月 16 日 15 时，罗布泊戈壁大漠深处出现一道红色的强烈闪光。

紧接着，腾空而起一个巨大火球，犹如出现第二个太阳那样，天空和大地被照得一片通红，形成的蘑菇云不断上升扩张。

稍后，一阵惊天动地的巨响震耳欲聋，好像要把苍穹撕裂似的。

这时，试验现场欢声雷动，全体参试人员激动万分，热泪盈眶，互致祝贺。

15 时 04 分，张爱萍眼望高耸蓝天的蘑菇云。打电话给周恩来报告：

原子弹已按时爆炸，蘑菇云已经升起，根据爆炸景象判断是核爆炸，试验成功了。

周恩来获得这一喜讯后，马上报告毛泽东。几分钟后，他告诉张爱萍：毛主席指示，要查清楚是不是真的核爆炸，国外不相信怎么办？

张爱萍十分肯定地答复：爆炸后的火球已经变成蘑菇云。

两个多小时后，张爱萍、刘西尧等签发一份经多方专家认定的关于原子弹成功爆炸的报告，将它电告毛泽东、周恩来、贺龙、罗瑞卿：确实实现了核爆炸，威力估计在两万吨"梯恩梯"当量以上。

傍晚 17 时，周恩来陪同毛泽东、刘少奇、朱德、邓小平、董必武、彭真、李富春等党和国家领导人，在人民大会堂接见大型音乐舞蹈史诗《东方红》的演职人员。

周恩来满面春风地向大家宣布：

报告大家一个好消息，我们的第一颗原子弹爆炸成功了！

顿时，人们欢呼雀跃起来。周恩来高举并挥动着手，示意大家静一静，幽默地说："大家可不要把地板震塌了呀！"

几个小时后，日本传出消息，说中国可能在西部地区爆炸了一颗原子弹。不久，又收到了美国的广播。

从此，中国人终于迈进了原子核时代。

新中国成立以后，中共中央一直十分关注中国的核事业，并为之做了很多努力。关于中央对核事业的关心，科学家钱三强深有体会。

钱三强自从 30 年代与原子核科学"结缘"，他梦寐以求的就是发展中国自己的原子核科学事业。1948 年，钱三强回国。不久，钱三强陪同郭沫若团长出席了在巴

国防科技

黎召开的世界人民保卫和平大会。

钱三强积极向组织提出建议，要求支用一笔经费出国购买急需的仪器设备和图书资料。在周恩来亲自过问下，钱三强的这一要求迅速获得批准。

1955 年中国作出最高决策：大力发展原子能事业。

1955 年 1 月 14 日，钱三强被召集到周恩来住处中南海西花厅，应邀前来的还有地质部部长、中国科学院副院长李四光等。

周恩来听取了铀矿勘探情况和原子核科学研究情况的汇报后，告诉钱三强、李四光，毛主席还要听这方面汇报，要做必要准备。

1955 年 1 月 15 日，钱三强、李四光按时来到中南海丰泽园。毛泽东亲自主持召开了中央书记处扩大会议，主题是研究发展我国原子能事业。

李四光先做了关于我国铀矿资源情况的汇报。接着，钱三强汇报了反应堆、原子弹原理以及各主要国家研究、发展状况和我国近几年的准备工作情况，并用简单仪器作了现场表演。

最后，毛泽东郑重讲话：

> 我们国家大，现在已经知道有铀矿，进一步勘探一定会找出更多的铀矿来。
>
> 我们有资源、有人，只要排上日程，认真抓一下，一定可以搞起来。

1958 年，在以钱三强为代表的科学家们的努力下，我国第一个重水型反应堆和第一台回旋加速器在他领导的研究所先后建成。近 50 台重要仪器设备也相继建成运行。

随之，原子物理、中子物理、堆物理等不同领域的研究工作都先后开展起来。从此，新中国第一个综合性的核科学技术基地名副其实地形成了。

1959 年 6 月，苏联单方面毁约，撤走专家，带走图纸，停止供应一切设备，包括原子弹教学模型。

同时，国内也遭受了严重的自然灾害。内外交困，中国的核事业一度蒙上了阴影。

有些外国人幸灾乐祸地断言：中国的核工业已遭到"毁灭性打击"，中国核工业已"处于技术真空状态"，中国"20 年也搞不出原子弹来"。

中国的原子能事业是"下马"还是继续前进，已成为最高决策层必须明确回答的问题。正是在这个紧要关头，周恩来于 1959 年 7 月在庐山会议上向二机部部长宋任穷、副部长刘杰传达中共中央的决策：

自己动手，从头摸起，准备用 8 年时间搞出原子弹。

周恩来对这项工作进行具体部署，提出"独立自主、

国防科技

自力更生、立足国内"的方针，要二机部缩短战线，集中力量解决最急需的工作，并调动各地区、各部门的力量支持原子能事业。

中国的原子能事业进入全面自力更生的阶段。

为了适应新形势的需要，中国科学院党组决定全力以赴支持原子能发展，要人出人，要物给物，调动全院20多个研究所的精锐力量直接为原子能工作服务，为"两弹"研制努力奋斗。

钱三强很清楚，中国原子能事业面临道道难关，一道受阻就可能全线败退。他在科学院党组和张劲夫同志的全力支持下，放心大胆地把最艰巨的任务留在科学院，并和裴丽生、秦力生、谷羽等一起，亲自组织力量攻克难关，保证"两弹"研制任务顺利完成。

1956年11月16日，第一届全国人民代表大会常务委员会第五十一次会议通过决议，设立第三机械工业部，次年2月起改名为第二机械工业部，时任中国科学院副秘书长兼物理所所长的钱三强被任命为副部长。

经中国科学院、第二机械工业部党组联席会议决定，物理所由院和部实行双重领导。这实际上是科学院把原子能所所长钱三强和原子能所整体划给了二机部。钱三强从此成为院与部合作的纽带和桥梁。

原子能所"出嫁不离家"，钱三强经常找张劲夫要人。先是点名要科学院搞原子能的两个杨：一个杨承宗，从法国留学回来的；一个杨澄中，从英国留学回来的。

后来把放射化学家杨承宗等一批科学家调到二机部去了；搞核物理的杨澄中则留在科学院兰州近代物理研究所，配合原子能所的工作。

钱三强又要求调邓稼先，邓稼先当时在数理化学部担任学术秘书。后来，邓稼先去了，在研制原子弹和氢弹的关键岗位上起了重要作用。

据张劲夫回忆，钱三强提出的要求，不管是输送人才，还是委托研制任务，科学院几乎是全部答应的。

当时，中国科学家要想自己搞原子弹，需要克服的最大的最紧迫的关键技术问题有三个：一是氟油，二是"真空阀门"，三是高能炸药。这些问题全都由科学院组织有关研究所的力量，一个一个地解决了。

钱三强很有感慨：科学院"在最需要时，做了最救急的工作"。

1960 年 3 月，中国科学院制订了《关于大力发展尖端科学研究三年规划和八年设想（草案）》，这是以原子能利用和喷气技术为纲，争取三年之内，基本实现"十二年科学技术发展远景规划"的设想。

1961 年春节期间，周恩来根据国际形势的发展，进一步明确提出：

要集中力量，突破国防尖端，争取 3 年到 5 年过关。

1961 年 8 月 12 日，周恩来在听取国防工委工作会议情况汇报时，提出在国务院设立国防工业口，由罗瑞卿负责。

周恩来强调：

有了导弹、核武器，才能防止使用导弹、核武器；如果我们没有导弹、核武器，帝国主义就会使用导弹、核武器。

1961 年 9 月，裴丽生、钱三强先后到长沙、上海、西安科学院所属各研究所进一步贯彻"科学十四条"精神和聂荣臻关于"拧成一股绳"的指示。

由于相继提出的一系列措施十分得力，又得到切实的贯彻执行，到 1962 年下半年，中国原子能工业建设和核武器研制都取得长足进展。

但是，仍有一些重大技术难关有待突破。由于核技术的复杂性和这项巨大工程的综合性，单靠二机部会同国务院有关部门工作，是难以完成任务的。

1962 年 10 月 10 日，聂荣臻、罗瑞卿听取二机部部长刘杰关于最好在 1964 年进行中国第一颗原子弹爆炸的汇报。

罗瑞卿根据汇报向中共中央提出报告，建议在中央直接领导下成立一个专门委员会。

1962 年 11 月 3 日，毛泽东在报告上批示：

很好，照办。要大力协同做好这件工作。

这个专门委员会，由周恩来直接主持。

不久，周恩来在西花厅主持召开中央专门委员会第一次会议。

在会议上，周恩来宣布中央专委会正式成立，主任为周恩来。

12 月 14 日，中共中央作出《关于成立十五人专门委员会的决定》。从此，周恩来便直接担负起了发展中国原子能事业的主要领导责任。

组织和指挥这样大规模的科学技术工程，对新中国来说，既没有任何经验，又在许多方面缺乏现成的条件。这就必须实行全国的大协作，并且必须早抓，及时抓，抓住不放，一直抓到底。

周恩来就任后，排除重重困难，在较短时间里卓有成效地建立起庞大的全国大协作体系，统一指挥调度有 20 多个部、委、院和 20 个省、市、自治区的 900 多家工厂、科研机构、大专院校参加的研究、制造原子弹的科技攻关工作。

1962 年 11 月 17 日，中央专委会第一次会议详细听取二机部部长刘杰的汇报。

11 月 29 日，中央专委会第二次会议上，周恩来针对核工业的薄弱环节，作出了大力支援调整的决定。同时，周恩来还明确提出了"先抓原子弹"的战略重点。

12月4日，在中央专委会第三次会议上，周恩来原则批准刘杰提出的《1963年、1964年原子武器、工业建设生产计划大纲》。

在国民经济极度困难的情况下，生活在青藏高原和年均气温在零度以下、高寒缺氧、荒无人烟的戈壁大漠中的核试验基地的科技工作者、解放军官兵，他们的生活自然更加艰难困苦。

周恩来早就注意到这个问题。他指示有关部门想方设法从全国各地调拨生活用品支援核试验基地。

周恩来曾在电话中千叮万嘱主管核试验基地工作的解放军副总参谋长、国防科委副主任张爱萍。周恩来说：

要让科学家、技术工人、军队干部战士吃饱，不能让他们饿着肚子研制原子弹。

1963年初，为了准确地掌握情况，周恩来指定国防科委副主任刘西尧带领国防工办和国防科委联合工作组，分赴二机部所属院、所、厂、矿第一线，进行全面检查。

1963年3月，理论物理研究人员正式拿出第一颗原子弹的理论设想方案。12月24日，在西北核武器试验基地进行的试验获得成功。

1964年1月14日，兰州浓缩铀厂在克服一个又一个技术难关后，生产出可以作为原子弹装料的合格的高浓铀产品。

周恩来接到报告后指示秘书："请转告刘杰同志，庆贺他们提前完成关键性生产和解决了关键性的技术试验，仍望他们积极谨慎，坚持不懈地继续完成今后各项任务。"

关键的时刻终于临近了。

1964 年 4 月，第一颗原子弹装置的研制工作进入最后完成阶段。

4 月 11 日，出访亚非欧十四国归来的周恩来主持召开中央专委会第八次会议，决定第一颗原子弹装置爆炸试验采取塔爆方式。周恩来要求 9 月 10 日以前做好试验前的一切准备，做到：

保响、保测、保安全，一次成功。

6 月 6 日，西北核武器试验基地成功地进行了一比一模型爆轰试验。7 月 20 日，第一颗原子弹的装配工作正式开始，并在 8 月 19 日全部装配完毕，质量完全符合原定的技术要求。

9 月，核试验预演结束。当时传来消息，国外可能有人正在策划对中国的核设施进行破坏，以阻止中国掌握核武器。

9 月 16 日、17 日，周恩来主持召开中央专委会第九

国防科技

次会议，听取张爱萍、刘西尧关于原子弹预演情况的汇报。

经过充分讨论，周恩来综合大家意见，提出两个方案：一是早试，将在本月下旬下决心；一是晚试，先抓三线研制基地的建设，选择机会再试。周恩来说：

> 我们要设想一下原子弹炸响后的情况，再决定爆炸试验的时间，国庆前下决心。

会后，周恩来致信毛泽东，请示核爆事宜。当晚，毛泽东即在信上批示：

> 已阅，拟即办。

9月22日，周恩来在毛泽东、刘少奇等参加的中共中央政治局常委扩大会议上汇报首次核试验的准备工作和中央专委会的试验方案。会议作出了早试的明确决定。

9月23日，周恩来召集贺龙、陈毅、张爱萍、刘杰、刘西尧等开会，传达中共中央常委扩大会议的决定。

周恩来兴奋地向大家说：我向毛主席和少奇等同志做了汇报，"他们同意第一方案"。原子弹"的确是吓人的"，主席更大的战略想法是，"既然是吓人的，就早响"。这样，"任务是更重了，不是更轻了"。

周恩来周密地部署核试验的各项准备工作，指出：

为了防备敌人万一进行破坏，由总参谋部和空军研究，作出严密的防空部署；由刘杰负责组织关键技术资料、仪器设备的安全转移；由陈毅组织外交部进行对外宣传工作的准备；张爱萍、刘西尧赶赴试验现场组织指挥；除我和贺龙、罗瑞卿亲自抓以外，刘杰在北京主持由二机部、国防科委组成的联合办公室，负责北京与试验场的联络；要规定一些暗语、密码。

周恩来还郑重地叮嘱：

一定要保护好我们自己的专家，东西要转移保存下一部分。不是破釜沉舟，一锤子买卖。

尽管进行了这样周到细致的准备，但仍有相当的风险。万一试验失败，消息泄露，将造成不利影响。

周恩来说："这个时期就根本不要写信了。你们自己除公事以外，也不要为私人打电话。"

周恩来还对后到会的陈毅说："你可不能讲啊！"陈毅知道周恩来是在提醒他在以外长身份接待外宾时不能说了出去。他操着四川口音爽快地回答："我不讲哇！"

当天晚上，张爱萍召集紧急会议，研究落实周恩来的这些指示。会后，张爱萍向周恩来写了书面报告，并附上明密语对照表。

9月27日，张爱萍、刘西尧返回西北核试验现场。

他们将中央专委会第九次会议精神和周恩来关于严格遵守保密纪律的指示，原原本本地向全体参试人员传达，并部署了最后阶段的各项准备工作。

参加这项工作的有6000多人，连间接的共有上万人。周恩来以身作则的表率行为，使大家受到深刻教育，有效地保证了第一次核试验没有发生一起泄密事件。

10月13日，周恩来布置并主持起草有关中国第一颗原子弹爆炸的中国政府声明、新闻公报和中共中央通知等文件。

当时任新华社社长兼《人民日报》总编辑的吴冷西在《严师的教诲》一文中详细介绍了这些文件的形成经过：

> 1964年10月13日下午，总理办公室通知我，晚饭后同乔冠华和姚溱两位同志一道到钓鱼台6号楼去，周总理有事要我们办。
>
> ……
>
> 周总理开始用平静的语气向我们宣布：近日将在罗布泊附近爆炸第一颗原子弹。把你们找来就是要起草一个公报和一个政府声明，这都要在今晚搞好，要送毛主席审定，待爆炸成功后发表。

......

到写完简短的公报，大约是 14 日清晨两点钟。

周总理看过草稿后，又走到小餐厅来，带着亲切的微笑对我们说，稿子大体可用，个别字句我还要斟酌一下，就可以送毛主席审定了。你们这些秀才不愧为快手。

现在慰劳你们一人一碗双黄蛋煮挂面。总理风趣地说，这双黄蛋是我家乡，淮安的特产，拿来慰劳你们带有象征意义，就是我们正在搞两弹。

10 月 14 日 20 时多，周恩来在得到张爱萍、刘西尧关于气象情况分析的报告后，庄严地下达原子弹装置就位的命令。

10 月 15 日，周恩来打电话给留守北京、负责试验现场同中共中央联系的刘杰，问道："试验可能会发生什么结果？"

刘杰回答："有三种可能，第一是干脆利索，第二是拖泥带水，第三是完全失败。"他判断道："第一种可能性最大。"

周恩来十分欣慰，但仍郑重地叮嘱："要做好以防万一的准备工作。"

同时，周恩来告诉刘杰：中共中央已批准张爱萍、刘杰的请示报告，正式决定将原子弹的爆炸时间定在10月16日15时，内部的代号为0时。

10月16日清晨，罗布泊地区晴空万里，碧空如洗。

由8467个构件组成，重70吨，高102米的铁塔，在耀眼的金色阳光辉映下，傲然挺立。

在它的顶端的金属结构里，安置着由几十万人心血凝聚而成的第一颗中国的原子弹。

12时，周恩来致信刘杰：

在12时后，当张、刘回到指挥所时，请你与他们通一次保密电话，告以如无特殊变化，不必再来往请示了。0时后，不论情况如何，请他们立即同我直通一次电话。

14时30分，张爱萍、刘西尧等进入距离爆炸中心60公里处的白云岗观察所，在露天堑壕中指挥和观察中国第一颗原子弹的爆炸试验。

张爱萍用保密电话将起爆前的准备工作情况向周恩来做了简要汇报。周恩来当即批准按时起爆。

14时40分，即原子弹起爆时间前20分钟，主控制室依次下达命令："加电源""开机""预热"……在15时前10秒钟，张震寰又下达"启动"的命令。

口齿伶俐的年轻主操作员随着控制仪一秒一秒地自动显示的倒计时，报出"10、9、8、7、6、5……"每个在场的人都感到一种难以形容的亢奋和紧张。他们屏住呼吸，现场寂静无声。

在读秒到达 0 时，"起爆"命令发出的一瞬间，只见罗布泊戈壁大漠深处出现一道红色的强烈闪光，随后上空出现了蘑菇云。

中国第一颗原子弹爆炸成功了。

10 月 17 日，周恩来致电世界各国政府首脑，转达中国政府在 16 日声明中提出的关于召开世界各国首脑会议讨论全面禁止和彻底销毁核武器问题的建议。

当大家正沉浸在成功的喜悦中时，周恩来又在考虑爆炸后对人民健康安全的影响，特别是试验地附近地区受到放射性污染的情况。

18 日凌晨，周恩来要专家向他报告这方面的情况。直到经过反复检验、包括给在最前沿的战士进行抽血化验，没有发现异常情况后，他才放下心来。

1967 年 6 月 17 日 8 时 20 分，我国西部地区新疆罗布泊上空，再次出现了巨大的蘑菇云。蘑菇云不停地在空中翻滚，越滚越大，越壮丽。

就在这壮丽场面映照大地的同时，聂荣臻拿起战壕里的专线电话，向周恩来报告：

试验成功了！

我国第一颗氢弹爆炸试验获得完全的成功。

两弹的成功，让中国人不再惧怕那些霸主强国的核威胁，中国从此可以昂首挺胸了。中国的核事业在党中央的高度重视下，在无数科学家的努力工作下，蒸蒸日上。

中国的国防科技力量日益增强，中国人在向科技进军的道路上，飞速前进。

哈军工研制军用计算机

1958 年 10 月 1 日，正是国庆期间。举国上下，一片欢庆。这时，在中国人民解放军军事工程学院里，一批研究计算机的科研工作者更是处在极度兴奋之中。

因为，这一天，中国第一台军用计算机，901 型舰载计算机在这里诞生了。当这台计算机快速地算出椭圆积分时，这批科研工作者情不自禁地欢呼起来。

中国人民解放军军事工程学院建在哈尔滨，故简称哈军工。哈军工的计算机事业科研代表人物是慈云桂和柳克俊。

慈云桂毕业于西南联大再入清华，接近研究生毕业时被提前选拔去大连海军学校执教。柳克俊是哈尔滨工业大学的第一届苏联导师培养的研究生，毕业时被哈军工要来。

1957 年，北京行动研制 103 机型时，哈军工慈云桂、柳克俊等人在海军的支持下组织了 901 军用计算机攻关小组，命名为 331 研制组。

当时国防发展确立的方向是"飞、潜、快"。即飞机、潜艇、快艇。计算机开始成为这些武器系统的指挥计算仪。没有计算机，就解决不了武器自动快速瞄准。

比如鱼雷快艇，无计算机瞄准，只好靠近敌舰近战开火，伤亡率大。由此引发设计舰载计算机的研制设想，目的是研制一台鱼雷射击指挥仪。

慈云桂当时是海军工程系的副主任，但也为901型机研制做了大量工作。当时，慈云桂他们都不懂计算机，就从最基本的学起。他们找到了一本英文计算机普及知识书籍，拿来视为珍宝学习。

慈云桂他们的研制工作得到中科院计算所的大力支持。计算所有人当时已从苏联学习回来，正研制103机和104机。

慈云桂他们就去那里学习，并得到罗沛霖所长积极支持，提供了全部资料。后来，课题组的人全部去了，在那里学习两周。

以后一部分人留下，继续在该所学习，罗沛霖所长专门给了一间办公室，当成所里人一样，参加所里会议，领取实验器材不分内外。

一个月以后他们返回哈军工时，所里还平价拨给他们一部分器材。

慈云桂他们从北京回到哈尔滨整日想的是如何研制出我们设计的计算机，每天都顾不上回家吃饭。当时他们都年轻，爱人常常送饭来实验室。

这些年轻的科学家并不是装着不回家吃饭，不是做给谁看，而是一颗心都放在了计算机上。

系主任黄景文、系政委邓易非都是打仗出身的老干部，他们很关心大家，每天来实验室看望，问有什么困难，只要讲难处，他们立即解决。

1958 年 10 月 1 日前夕，慈云桂他们终于完成了硬件和软件。

慈云桂出了一个题，就是椭圆积分。计算机很快算出结果来，大家高兴得不得了。

这台计算机就在当月运往北京海军大院海军司令部俱乐部展览。

中央和军委对此评价很高，希望把国防科研搞上去。周总理特别叮嘱，要有雄心壮志，起步晚不怕，中国人站起来之后，有力量赶英超美。

北京的展出促使中央和军委下决心加强计算机领域的研究。

当时调试不稳定，为保证稳定性，白天展出之后，夜里，在慈云桂带领下，抓紧调试，天天都有问题出现。

901 机经过鱼雷快艇海上试验，对提高鱼雷瞄准精度，避免靠近射击发挥了极大作用。

但是运行不稳定是大问题。还有体积大，功耗、散热等方面问题。不解决这些问题，不可能装备部队。

哈军工决定尽快研制更好更稳定的计算机出来。

为了尽快实现这个目标，哈军工将海军工程系分建出电子工程系，包括了雷达、导航、计算机、通讯等专业，集中在电子工程方面投入力量。

随着时间的推移，哈军工完成了 441 – B 型计算机，并进入了晶体管一代，成为中国当时性能最可靠的计算机，其运算速度为每秒 5 万次。

改进型的 441 – C 型、441 – D 型等机型迅速投入装备部队，国防科委系统的卫星跟踪各基地最初装备的数据处理系统都是 441 型系列机。同时还装备了高炮部队、鱼雷快艇等用于数据处理。

为了 441 型机系列的研制成功，哈军工付出了巨大努力。

1961 年初，慈云桂教授随中国计算机代表团访问英国，参加计算机学术会议，其间访问了剑桥、曼彻斯特、牛津等几所大学，历时两个月。

慈云桂注意到国际上计算机发展的主流方向是全晶体管化，他收集了不少有关晶体管通用电子计算机方面的资料，头脑中构思着晶体管化的通用计算机体系结构。

回国后，慈云桂向国防科委领导汇报了出国考察的体会和研制新计算机的设想，得到领导的热情支持。国防科委主任聂荣臻指示：哈军工的计算机要用国产晶体管，尽快研制出一台通用数字计算机来。

这年秋，哈军工成立电子工程系，康鹏等年轻教员随慈云桂从海军工程系调入这个新系。

此时，慈云桂决心在电子系重新组织一班人马，开始晶体管通用计算机的研制，机器命名 441 – B。

慈云桂点将的头一个人就是康鹏，他对这个山东小伙子敢字当头的秉性和"拼命三郎"劲头印象很深，他让康鹏做课题组的技术负责人和逻辑设计师，此时见习助教康鹏毕业证书还没有拿到手。

一开始，慈云桂让大家先学习半导体学理论。看了几天的书，康鹏不以为然："不应该花太多时间去钻研半导体理论，我们主要是用晶体管，知道它的特性，会用就行了。"

当时，中国科学院、四机部等几个大的专业所都在研制通用计算机，他们面临同样的困难：半导体工业举步维艰，国产晶体管先天不足，质量不过关，人们悲观地认为国产晶体管不可靠，5 年之内，休想用到计算机上。

如果要使计算机全晶体管化，只能采用进口的晶体管。可那个时候，西方发达国家对中国计算机的关键技术是完全封锁的。

到全国各地调研后，康鹏回到学院，他到慈云桂副主任的家里汇报，两个人长谈到深夜。

"慈副主任，"康鹏说出自己的担忧，"科学院等近千人大所研制晶体管通用机，两年过去了，都没有搞出来，可见研究工作难度之大，我们现在只是一个 10 多个人的小组，连人家一个研究室的规模都不够，我在考虑怎么才能拿下这个任务。"

"小康，这的确是个艰巨的任务，"慈云桂乐呵呵地鼓励道，"在苏联，这样的大课题都是院士一级的大科学家们干的，我为什么选你干？为什么选的都是一些年轻人？我对你们的创新潜力有信心，不要被大院大所吓住，我们军工在军用机上已经走在前面，通用机也能闯出来。"

康鹏说："我反复想过，我们不是三头六臂，在实力上无法和人家相比，所以不能走他们的老路，必须走自己的一条新路。他们大都采用外国的诺尔电路，我们国产的晶体管很难适用这种功耗大的电路，况且还有别的问题。"

慈云桂肯定康鹏的思路，话语中充满了信任："你就顶上去吧!"

康鹏带领同志们投入艰苦的逻辑设计和电路实验工作中。

国产元器件质量差，触发器一触即发，插个电烙铁、关个电灯，触发器都要翻转；信号抢道、脉冲变形引起信号逐级恶化等问题，都是当时各个计算机研制单位共同面临的科研难题。康鹏提出一个"隔离阻塞原理"，设计出全新的电路，攻克了一个个科研难关。

1963 年 10 月，哈军工 10 年校庆的时候，441－B 的研制工作取得阶段性成果，参加校庆的各地专家学者都来看 441－B，听康鹏讲他的"隔离阻塞原理"。当年，在西安举行的全国第三届计算机学术会议上，康鹏的论文引起全国同行的重视。

国际上一种有名的计算机平均 57 个小时出现一个故障。

康鹏和大家忐忑不安地计算着时间，48 小时过去了，

72 小时过去了，441－B 工作依然正常，大家欢呼起来，都劝两位参谋回招待所休息，两位参谋不肯，一定要看到底，结果，11 个昼夜过去了，441－B 正常工作了 268 个小时，在可靠性上大大超过国际那种有名的计算机。

中国第一台全晶体管化通用计算机诞生了，在这台机器上，任何部件都是国产的，它是中国自主技术创新的典范，一个彻头彻尾的"中国造"。

从此国家摆脱了仿制电子管计算机的老路，迈进自制晶体管计算机的时代。

两位参谋兴高采烈地回北京报捷，四局局长李庄大喜，连忙向聂荣臻汇报，聂荣臻指示说，哈军工做出了大成绩，在计算机的国产化上取得了突破，要尽快在全国推广。

1965 年年初，在国防科委的主持下，全国 30 多个单位的代表齐聚哈军工大院，参加 441－B 推广学习班。

其中有国防科委系统的八大院校，有解放军的三大试验基地，还有各军兵种的研究机关，各国防工业部门和邮电部等。

这是新中国成立以来，中国第一次大规模计算机复制培训。那个时候，人们还没有知识产权的概念，为了国家的整体利益，哈军工毫无保留地敞开大门，441－B 的所有技术机密全部公开，与会单位的代表人手一份技术资料和全部图纸。

那些日子，担任技术主讲的康鹏把嗓子都累哑了，

国防科技

他和助手在机房几乎是手把着手教会各兄弟单位代表使用和仿制441－B。

不久，上海交通大学、西北工业大学、西安军事电讯工程学院、成都电子工程学院和北京工业学院五家大学首先成功仿制了441－B，哈军工也在自己的工厂里为军方三大试验基地生产改进型的441－B，彻底改变了国防尖端武器试验中使用电子管计算机的落后局面，为此后两弹一星的宏伟大业立下不可磨灭的历史性功勋。

这年春，在北京举办的全国仪器仪表展览会上，441－B和其他单位研制的计算机摆在一起参展，其间突遇邢台地震，接连不断的余震和忽高忽低的电压，迫使许多单位的计算机关机休息。

只有441－B一切如常，并现场为观众免费算题，吸引了地质、气象等众多大单位的技术人员观看，在这次由于地震引发的计算机的无声大比武中，441－B的高可靠性又一次得到公认。

著名的两院院士、时任四机部科技司副司长的罗沛霖老先生在全国订货会上，大声称赞441－B，说它是"高可靠性的优选品种"，他带头点名订购，在全国影响很大。

移植生产441－B的好事儿让天津电子仪器厂争取到手，该厂先后生产了150余台，占当时全国计算机总产量的三分之一强。

"王牌产品"441－B在全国开花结果，在中国计算机科技发展的历程中，康鹏和他的战友们作出永载史册的贡献。

1965 年 9 月 14 日，奉李庄局长之命，康鹏与慈云桂教授一起参加 441－B 的报告会。在会上，康鹏介绍了与他发明密切相关的论文，不善辞令的康鹏净说大实话，台下掌声连天，听者反应热烈，接着对论文进行评奖，5篇论文皆为一等奖。

李庄向聂荣臻进行了汇报，聂荣臻说，我们要长中华民族的志气，不要一说发明就是外国人的名字，应该给康鹏同志的发明颁发证书。

李庄说，那就叫"康鹏电路"吧。聂荣臻签发了"康鹏电路"的发明证书，这在中国科技史上是唯一的事例。

哈军工研制的军用计算机系列，为中国国防注入了更多的科技成分，使中国的国防事业在向现代科学进军的道路上迈进了一大步。

中央专委领导导弹研制

1964 年 6 月 29 日，中国自行研制的"东风－2"号导弹重新放置在发射台上，这是"东风－2"号的第三次发射试验。

随着惊天动地的呼啸声，"东风－2"号导弹连续三发都取得了成功。

围观的人们发出胜利的欢呼声，相互拥抱握手祝贺。

这是"东风－2"号导弹的第三次发射了，终于不负众望，中国自行研制的导弹发射成功了。

这次连续三发都取得了成功，标志着中国从此拥有了可以远程打击的导弹盾牌。

在晚上举行的庆祝宴会上，餐桌上摆着这样的四菜一汤：炖黄羊肉、西红柿炒鸡蛋、猪肉辣椒和炒扁豆干。

这对当时基本上是天天盐水煮黄豆当菜的参试人员来说，已经是极其难得的丰盛了。

中国的导弹发射经历了由模仿到自创的艰苦之路。

新中国建立后，领袖层明显地感觉到外来威胁的存在。因此国防科学技术的发展成为重要的议题。

当时这些技术唯一来源是盟友苏联，然而苏联当时只同意接受 50 名中国留学生，不愿进行具体技术援助。

就在五星红旗升起的第二个月，中国科学院宣告成立，中央政府发出"向科学进军"的号召，并召唤海外学子回国。

1955 年秋天的一个早晨，钱学森和夫人终于回到了祖国。

在此之前，由于钱学森在美国从事的是高精导弹技术的研究，因此在他提出希望回国的意愿时，美国有人声言宁愿枪毙他，也不能放他回赤色中国。

当时，朝鲜战争刚刚结束。于是，钱学森的回国，成为中美两国外交上的一场各取所需的谈判。经过中国政府的努力，钱学森终于安全回国。

1956 年 2 月，钱学森向国务院提交了一份《关于建立我国国防航空工业的意见书》，最先为我国导弹技术的发展提出了极为重要的实施方案。

1956 年 10 月 8 日，聂荣臻亲自主持五院成立仪式。钱学森任院长，刘有光为政委。

然而当时他们的全体部下，新调来的 156 名大学生和五院当时的各级干部，别说导弹的基本概念，就是导弹的模样也没人见过。

大学生朱礼文说：

> 当时我没有想到，因为我学的是飞机设计啊！我好多同学都去搞飞机，但是最后分配的时候，分配到我们的五院，就来搞火箭，这是我当初没想到的。

1957 年，世界共产主义运动大会在莫斯科召开。

伴随着苏联卫星成功的雄壮进行曲，中国的领袖毛泽东等人再一次来到了这个正沉浸在欢庆喜悦中的"老大哥"国家。

在十月革命阅兵式的红场上，中国共产党人第一次看到了最新型的导弹，它就像一把战神之剑。当时苏联愿意提供给中国两发 P－1 型第一代地地弹道式导弹。

毛泽东接见了中国留苏学生，这些年轻人是毛泽东实现宏大理想的希望。中国导弹一起步就带有强烈的政治色彩，被命名为"东风"系列。

1957 年 12 月 24 日，一辆从莫斯科出发的专列抵达北京。车上除苏联导弹技术人员外，还有一份苏联送给中国的厚礼，两发 P－1 近程地地导弹。

当时苏联提供的两发 P－1 型第一代地地弹道式导弹，其中一枚是供教学用的解剖弹，另一枚是完整的实弹。据送弹来的苏联专家讲，装上推进剂就可起飞。

由于设计图纸和工艺工装资料没有同时到达，而国家又急着要导弹，当时中国人的当务之急是分解导弹结构，照猫画虎，测绘出所有零部件的尺寸，以供生产加工部门仿制。

这个计划当时为保密定为代号"1059"，意为向 1959 年国庆 10 周年献礼。

要拆卸一个直径两米、长度近 20 米的导弹并不是件容易的事。从弹体、发动机到每一个螺钉、垫圈，都被细心地拆下包装做好记号拿去测绘。

这一过程进行了半年的时间，所有参加的人员都被兴奋所笼罩，天天通宵达旦、日夜苦战。很快，工厂就加工出一大批零部件，然而等到年底苏方的原文资料图纸到达后一对照，所有人的心都凉了半截。

原来之前那种靠简单测绘生产出来的产品与尖端科技产品的技术与质量要求有很大差距，先前自制的零部件大部分要返修或者成为废品，仿制工作遭到第一次挫折。

年轻的科技人员凭着一股激情，开始了神秘而艰难的探索。

在那段中苏关系"蜜月"的年代里，作为学生，中方人员学习态度是谦虚的，因为他们急切地渴望学到尖端技术；作为老师，苏联专家的态度也是诚恳的，中国人在仿制过程中确实学到了许多有关生产的技能。

但所有的苏联专家都严格根据中苏双方签订的协议内容，只回答中方技术人员提出众多问题中的仿制制造技术，而对其他一概闭口不谈。

到了1960年，正当中国仿制 P－2 导弹工作进入最后阶段时，中苏之间关于意识形态领域大论战开始了。

赫鲁晓夫下令全部停止根据先前的协议正在进行的对中国的援助。不久苏联撤走全部援华专家，并带走了全部图纸。

1960 年 6 月，在最后一批苏联专家撤走的前一天晚上，中方技术人员抱着最后一线希望来到曾朝夕相处的苏联专家的住所，想借送行的机会，请教一下有关航天技术发展途径和多级火箭是串联还是并联等问题。

但一直聊到深夜，苏联专家没有吐出有关这些问题的一个字。第二天清晨，中方人员怀着复杂的心情把苏联专家送上了回国的飞机。

就在苏联撤走专家后的 1960 年 9 月 10 日，中国第一次在自己的国土上，用苏联专家认为会爆炸的中国自己生产的国产燃料，成功地发射了一枚苏制 P－2 导弹。

而这时，中国人按照苏联提供的图纸仿制出来的火箭，也开始进入最后的组装。人们把新中国航天人自己制造出来的第一枚火箭命名为"东风－1"号。

被实验终于成功鼓舞起来的火箭制造者们一鼓作气，很快就组装好了第一枚中国自己制造的导弹火箭并立即装上了开往大西北靶场的火车。

经过五天的行军，专列于 1960 年 10 月 27 日 13 时 20 分抵达酒泉发射中心。

1960 年 11 月 5 日上午 9 时，中国第一枚仿制的导弹火箭"东风－1"号点火，发射成功。

在第一枚"东风－1"号发射前的 1960 年 4 月，中国航天部门已经正式下达了研制新型号发动机的任务，"东风－2"号导弹的研制正式开始。这标志着中国火箭工业结束了单纯仿制的阶段，开始走上自主设计的道路。

当年由于火箭研制的条件很差，热情高涨的人们想出了很多土办法。

没有发动机的试车台，有人就挖个坑把发动机半截埋在地下，尾巴朝上做试验。为了防止发动机爆炸飞出，人们又像系牲口一样，用钢丝绳把它拴在附近的树上。

当时有人形容"两弹"工程为："按一个电钮，全国都通电。"这话其实并不过分。

60年代初期，国家成立了由周恩来担任主任，陈毅、贺龙、聂荣臻、李富春、薄一波等任委员的"专委"，重点是解决研制中间的计划、设备、资金等问题。

那时的决定很简单，要你办什么事没有什么可说的，限时间如同作战命令，没有研究，只有完成。

由于这一特殊项目在全国上下畅通无阻，以至于有了"绿灯户"的称号。苏联的样弹让中国人看出了名堂。

在苏联专家帮助的仿制过程中，中方人员了解了组成武器系统各部分的构造和生产方法，但在对系统内在联系上苏联却有所保留，没有提供相关资料。

热情高涨的人们在挖掘潜力、提高性能的口号下，把苏联图纸上的零件尺寸按比例放大，设计制造出的火箭明显比苏联的成品大了一号。

1962年3月初，火箭总装出厂送往靶场。终于拿出了完全是自己设计和制造的导弹，所有人都洋溢着自豪感。

当时的场面是人人情绪热烈，有人形容说就如同女儿出嫁一样。然而，这枚"东风－2"号的发射成为一次让所有科技人员刻骨铭心的记忆。

1962年3月21日9时5分53秒，"东风－2"号在万众瞩目中点火升空。

然而，中国的第一批火箭制造者们第一次看到了火箭倒栽葱的景象。所有人的脸都变成了灰色，有的人甚至哭出声来。

事后发现是片面地为增加携带重量而减轻火箭自身结构重量，导致箭体发软，影响控制系统的稳定，同时单纯加大发动机推力，也造成过大的压力冲破弹管。而这些问题如果严格遵循研制程序经过地面试验是很容易发现的。

从那时起，火箭研制开始有了一整套复杂的地面试验程序。失败让人知道，科学不仅需要热情还需要严谨。

距上次失败两年后，1964年6月29日，"东风－2"号又开始发射试验。这次连续3发都取得了成功。

钱学森等科学家在党的领导下，又成功地用导弹将核弹发射出去，从此中国拥有了自己的导弹核武器，国防力量更加强大。

中国人通过不断的努力，向世界证明了自己的力量。在党中央向科学进军的号召下，中国的科学事业日益赢得世界各国的尊敬。

中科院开创国防水声研究领域

1964 年 7 月 1 日，是党的 44 周岁生日。就在这一天，中国科学院还迎来了一件喜事，中国科学院声学研究所正式诞生了。

中国科学院声学研究所简称"声学所"。

59 岁的汪德昭，被任命为声学所第一任所长。汪德昭的任命，绝非偶然。他为中国的国防水声研究作出了不可磨灭的贡献。

国防水声研究是直接为海防建设服务的。它所研究的领域，包括水声基础理论，水声技术，岸用、潜用、舰用声呐设备及各种水声仪器等。

我国有 1.8 万多公里的海岸线和广阔的海域。

为了改变祖国在海防建设上的落后状态，1956 年，水声学作为最大项目，被列入新中国第一部科学技术发展远景规划之中。

从此，中国科学院开始了水声学的研究工作。

中国科学院电子学研究所筹备委员会成立了水声研究组。同时，中苏两国政府签订了"关于共同进行和苏联帮助中国进行科学技术研究的协定"，即 122 项重大科技合作项目。其中之一就是"中苏联合水声考察"。

中苏联合考察的筹备和进行，是我国国防水声研究

国防科技

的开始，也是我国水声队伍组建、锻炼成长并走向独立研制的良好开端。

中国科学院的水声研究工作一直得到国内外各有关单位的支持和帮助。

在我国国防水声研究事业的发展过程中，世界著名物理学家汪德昭发挥了重要的作用。

1958 年初夏的一天，汪德昭正在原子能研究所自己的实验室里忙碌着。突然，电话铃响了，助手过来告诉他："张劲夫副院长请你马上到院部去，有急事。"

汪德昭立即脱下白大褂，匆匆赶到院部。

张劲夫说，要尽快地、有步骤地实施"十二年科学技术发展远景规划"。党中央决定，立即采取若干紧急措施，在一些重要领域迎头赶上世界先进水平。

散会后，张劲夫向汪德昭走过未，顾不上寒暄，便兴奋地告诉他："我国要发展自己的国防水声学了！你赶快准备一下，参加水声考察小组，到莫斯科去。"

汪德昭听后点了点头，没有说什么。后来才知道，原来是聂荣臻点将，点到了自己头上。

为什么要起用汪德昭呢？

张劲夫回忆说，当时科学院领导已经认识到国防水声是一个很重要的国防尖端技术，但是，难度也很大。

因为海水不像空气用电波、无线电来联络，海水联络靠什么？要靠声道。而中国在这方面几乎是空白，没有经验，也没有专门的人才。

而刚刚从法国回来的汪德昭，曾跟法国教授郎之万学过声呐。所以科学院党组研究决定，就将国防水声这一重要任务直接交给了汪德昭。

　　中国水声考察小组一行 4 人，在中国科学院电子学研究所所长顾德欢的率领下，出发到苏联考察。

　　成员除了汪德昭，还有当时属于海军第六研究所的王朋和当时是电子部工程师的柳先，考察组在苏联进行了细致的参观考察。

　　考察期间，汪德昭抓紧短暂机会，白天调查专业的延伸领域、学术上和应用上的目的对象、各类必需的研究设备和手段及国际上有关问题的研究进展情况，休闲时则酝酿筹划回国后所应开展的工作与今后的发展步骤。

　　苏联对国防水声表现出特别的兴趣，向我考察组提出联合建立南海水声站的问题。苏联愿意派专家，并提供所有设备，和我们一块搞。

　　这可是事关两国的大事，顾德欢不能做主。考察组在出发前，张劲夫一再叮咛顾德欢："对外关系，小事也是大事，要注意请示报告。有要紧事要跟我联系，不要随便答应人家。"并说："有时大事与小事很难区别，你要注意。"

　　正是因为张劲夫副院长打了招呼，所以顾德欢夜间打长途电话找张劲夫请示说："苏联提出和我们一块在我国搞南海水声站，他们派专家来，给我们提供设备，怎么办？"

张劲夫警觉地说:

　　你要注意,我请示党中央、毛主席。再答
复你。

　　于是,张劲夫马上用保密机打电话给国防科委秘书
长安东。安东说:"我马上请示军委秘书长黄克诚。"黄
克诚连夜打电话请示毛主席。
　　毛泽东说:"噢,苏联这么积极?! 请允许我考虑10
分钟。"
　　10分钟后,毛泽东斩钉截铁地表态:

　　我们的原则是:欢迎援助,不能合作。因
为合作涉及中国的主权问题。

　　黄克诚听了毛主席的话,马上告诉安东,安东又马
上告诉张劲夫。
　　张劲夫把毛主席的态度告诉了顾德欢,中央表态这
个项目很重要,但是,只欢迎苏联援助,不能搞中苏合
作,合作涉及我国的主权问题。
　　也就是说,在我这个地方要搞水声站是中国的,你
来人员作为专家身份可以,运设备来,我们欢迎。
　　顾德欢向考察组成员汪德昭等传达了毛主席的指示,
他们坚决按照中央精神回答了苏联。

苏联同意了我们的条件。顾德欢回来后，张劲夫风趣地对他说："幸亏你告诉我呀，我们及时请示了毛主席。"

张劲夫深有感触地说：

这是经验，对外交的事，可不能随随便便讲。要经过中央授权，没有授权是不能表态的。

中国科学院电子所与苏联科学院声学所商定了在中国南海联合考察的合作计划。我国4人考察团从苏联考察回来，已经是1958年的秋天了。

考察小组回来汇报后，中国科学院党组向党中央写出报告：

建议建立水声学研究队伍，尽快开展我国国防水声学研究工作。

报告中建议立即从全国几所重点大学物理系的高年级的学生中选品学兼优的提前毕业，分配到中国科学院参加水声研究。

报告由聂荣臻送邓小平批示，并转呈毛泽东和周恩来。毛泽东亲自批准了这个报告。

周恩来同意抽调100名差半年至一年就要毕业的大学生，提前分配参加水声研究工作，边干边学。

人们把这一措施形象地称为"拔青苗"。汪德昭这时也由原子能研究所调往电子所任副所长兼七室即国防水声研究室主任。

这100名"青苗"来到电子所的时候，多数人并不知道水声是什么？有的人光听说"水声"，并没有弄清楚是哪两个字，还误以为抽调自己是要改行搞"水生生物"哩！

在连教科书也没有的情况下，汪德昭组织人员从俄文、英文的资料翻译、编写启蒙教材：重译伯格曼的《水声学物理基础》和秋林的《声波在海水中传播的基本现象》两本教科书，使一大批水声工作者掌握了基础理论。

在培训班上，汪德昭先讲了第一课，讲水声、水声物理、水声技术，讲得深入浅出，非常清楚、非常形象、非常生动。

而且汪德昭有一个习惯，即把所讲的重点马上在黑板上用粉笔"框"起来，便于学员们记录和理解。

汪德昭要求当时还很年轻的科技工作者，树雄心、立壮志，为中华人民共和国的海军增添力量，作出自己的贡献。

汪德昭认为除了让"青苗"们学习理论，还应当让这些未来的水声研究人员了解我国水声实际情况。

所以，在中国科学院和苏联科学院签署的合作协议中，由电子所七室，即国防水声研究室与苏联水声学所协作，联合对我国南海进行水声科学考察。

这一方面是为了摸清我国海洋水声的基本实际情况，而通过实地出海考察，也可以培养我国自己的水声科研人员。

中苏联合考察的中方科学家领导人是汪德昭，苏方科学家领导人是苏哈列夫斯基。但苏哈列夫斯基因故未来，由马捷波夫代理。

中共中央、国务院对这次水声考察非常重视，整个考察工作自始至终都是在聂荣臻的亲切关怀下进行的。

科学院党组对创立我国国防水声非常重视，1958 年就在中央批准科学院搞人造卫星的特别经费中，拿出专款用于国防水声研究。还特别决定由汪德昭主持水声工作。

不久，开始了南海水声站的建设。从选点到建设期间，广东省委书记陶铸都给予很大支持。他曾两次和科学院新技术局局长谷羽坐飞机到现场，钢材不够，他从广州调拨。

在海军的积极支持下，在海南岛榆林港创建南海水声工作站作为海上考察的实验基地，将两艘军舰做适当改装后作为水声实验船，调集有关水声器材物资，为考察工作做了充分的准备。

中苏联合水声考察于 1960 年 1 月 16 日开始，4 月初结束。参加海上考察的人员中，苏方共派出专家 24 人，中方有来自全国有关科研单位、高等院校和部队的科技人员共约 120 人。请当时正在苏联学习水声的杨士彻，原哈尔滨军事工程学院教员参加考察队的领导工作，担任中方队长。

在考察期间，中苏科研人员互相配合，团结协作，关系融洽。苏方专家给我方人员系统讲授了水声基础课 15 次，每次 3 至 4 小时。

中方科研人员抓紧利用共同工作的机会，刻苦钻研学习。海南岛天气炎热，国内又处于经济困难时期，考察队中方人员的居住和食品供应条件很差。此外，由于实验船吨位小，南海风浪又大，出海晕船是经常的事。

但他们一直保持着饱满的情绪，为了开创中国水声科研事业，尽快地把苏联的经验学到手，他们夜以继日地努力工作，克服了一个个困难，很快熟悉了实验技术，胜利完成了考察任务。

在考察过程中，从以苏方为主，逐步过渡到以中方人员为主进行操作。考察工作历时 85 天，主要在榆林港附近水深 30 至 80 米的海域进行，还冲破重重困难直达西沙群岛。

在此期间，考察小组先后出海 74 次，记录胶片、录音磁带及各种记录磁带长约 32 公里。

考察结束后，由于中苏关系急剧恶化，苏联要求将 32 公里长的考察胶片带走。面对这突如其来的变化，汪德昭处变不乱，他派人带上这些胶片，来到北京全部拷贝了下来，为我国留下了极为宝贵的海洋考察资料。

对于中苏联合水声科学考察，双方协定规定：中方提供考察船及后勤供应，苏方提供水声考察设备，共同分析使用考察资料。

1959 年前，苏联专家开出需我方准备的仪器设备器材清单，汪德昭叫李允武负责，而且指示他必须一件件亲自落实，否则就会耽误中苏联合考察。苏方一火车皮仪器自莫斯科运出后，鉴于在这之前观测日食的仪器曾运错地方的教训，汪德昭还交代李允武从满洲里或二连直接押运仪器到广州。李允武奉命一直坐在铁道部的调度室里，直到仪器到了西直门车站，报告了汪德昭，他才放心。

这是一项开创性的事业，就我国当时的物质条件而言，在一年内要完成考察准备是困难的。

但是，由于海军和中国科学院的重视和支持，经过各方面上下齐心协力，努力奋斗，终于如期完成。

在建站方面，要选好站址，要落实建筑材料。

汪德昭等第一次去榆林选址，时值盛夏，骄阳似火，暑气蒸人。

在榆林基地的协助下，汪德昭等选定了基地内大东海以西的海边缓坡作为南海站的站址，又在大东海选定了建造专家招待所的地点。

紧接着是委托设计，以及开山修路、房屋施工等等。

可是当初建站时的生活十分艰苦，没有蔬菜，吃的一种蔬菜叫"无缝钢管"，就是空心菜，嚼不烂，更苦的是没有油。那是一个鲁滨孙式的地方，要买一个电阻也要跑到广州去。

南海站的人出海去做实验，大家劲头足极了，都带个脸盆去，这是在船上防呕吐用的，有的人一边呕吐一边继续做实验，有的把胆汁都吐出来还继续记录。

1959年7月，苏联声学所水声负责人苏哈列夫斯基带领9名科技人员达到广州进行水声仪器调试，试验中发现大功率发射机在高温高湿的气候条件下不能正常工作。

大家急中生智，使用手榴弹作为非标准水下声源，在榆林海区进行了一次水声传播实验以检验其他电子仪器的使用情况。

这是前哨性的，只进行了几次，时间不太长。汪德昭因不慎把腿摔坏了，没有参加这一次考察。最后，双方商定，第二年正式开始中苏联合水声科学考察。

1959年12月下旬，24名苏联专家抵京，旋即赴海南岛与先期到达的中方科技人员一起，于1960年1月16日开始了历时85天的联合水声科学考察，这是正式的考察，地点仍然在榆林港的外海。

这次考察一共组织了几十次海上、岸边和码头实验。在最繁忙的2月份，几乎是每隔两天就有一次出海活动。

这一次汪德昭始终领导和参加了水声实验。他为了全面掌握考察的进程，除了在事先与苏方共同拟订考察计划之外，还要求各研究组每天都要填写"科学考察活动日志"。

汪德昭并不满足这些书面材料，每逢有重要的海上实验，他总是和年轻人一起上船出海，亲自考察实验进行的情况。

一次跟"声传播"课题组出海，遇到大风浪，600多吨的考察船在海上猛烈颠簸，船上的人晕船呕吐，他带头吃咸萝卜干以缓解呕吐，战胜困难，完成了考察任务。

在考察期间，汪德昭抓紧时间请苏联专家为我们的"青苗"讲课，并把讲课内容进行整理，编成讲义，供大家学习参考之用。

大约是3月初，汪德昭要随同"混响"课题组出海实验，就在考察船正要离开码头时，他看到从岸上向海边走过来几个人，其中就有周恩来总理。

汪德昭快步跳上甲板，迎了上去。周恩来问考察情况，汪德昭向他作了简要的汇报。

周恩来心里明白，这将结束我国有海无防的历史，听了频频点头，脸上露出了满意的笑容。

汪德昭亲自组织中苏联合南海水声考察，特别注意仪器、器材的准备，不顾腿伤担任考察队中方首席科学家，参加海上实验。

在看到苏联对我国的封锁后，便组织学生到保密室默记苏方的18篇报告，及时回京整理，内部出版。汪德昭还叫学生把数据记一份下来，自己整理。

后来汪德昭又嘱咐东海站、北海站在建站时打好基础，多作海上考察，每次考察作好计划和总结，并上报给他审阅。根据三站海上考察资料，开了"643会议"，从理论上加以总结，得到我国水声科学的第一批成果。

1960年10月开始，汪德昭组织这批青年科技人员花了半年时间，将这次考察记录整理出来，做了初步的分析，后来，编写了八大本水声考察报告。

汪德昭还根据这些资料，计算了我国几种主要声呐的最佳频率，提供海军设计使用；他还指出了我国南海海区某些特殊的水声情况；并指出在对敌作战时，我潜艇应采取的对策，供海军参考。

1964年7月1日，中国科学院声学研究所正式成立了。汪德昭被任命为声学所第一任所长。

汪德昭提出了水声学的发展战略，即"由近及远""由浅入深""由高到低，有合有分"。

这些思想为我国水声学发展指明了方向。从此，我国水声学在向科学进军的道路上飞速地发展起来。

本书主要参考资料

《国史全鉴》本书编委会编 团结出版社

《共和国五十年珍贵档案》中央档案馆编 中国档案
    出版社

《中国现代史资料选辑》彭明主编 中国人民大学出
    版社

《1949 大开国》凌志著 广西人民出版社

《开国部长》文辉抗 叶健君编著 湖南人民出版社

《向科学进军》路甬祥主编 科学出版社

《华夏金秋》柏福临主编 吉林大学出版社

《若干重大决策与事件的回顾》薄一波著 中共中央
    党校出版社

《党史天地》王诚主编 中共湖北省委党史研究室
    主办

《中南海三代领导集体与共和国科教实录》岳庆平等
    编 中国经济出版社

《中南海三代领导集体与共和国经济实录》王瑞璞等
    编 中国经济出版社